JN265616

迎え撃つ
神殺しの一族
魔殺商会
する、重甲冑部隊
S

神の使い
神殿協会
上空より降
V

!?

「喘げ」

「は？」

「いいから喘げ」

「あ、はい。あは～～ん、うふ～ん」

「……もういい」

お・り・が・み

天の門

林 トモアキ

角川文庫 13404

目次

CHARACTERS OF
魔殺商会

伊《い》織《おり》貴《たか》瀬《せ》
悪の組織「伊織魔殺商会」の会長兼企画兼経理兼広報兼営業。鈴蘭の身柄を拘束し、手駒として利用するが……。趣味は絵画。

沙《さ》穂《ほ》
なぜか貴瀬からは「軍曹」と呼ばれている日本刀の使い手。普段は何を考えているのかわからないが、戦闘の下知が下ると一騎当千の働きをする。

吾《あ》川《がわ》鈴《すず》蘭《らん》
天涯孤独の少女。身に覚えのない借金20億円のカタに、悪の組織「魔殺商会」で立派（?）に悪事を働く。

みーこ
魔殺商会のメンバー。ふわりふわりと宙を浮く「この世のものではない存在」。貴瀬の過去を知っているようだが……。

リップルラップル
謎の少女。一見普通の子供のようだが、天才的頭脳を持つ。どういうわけだか貴瀬も彼女にだけは頭が上がらない。武器はミズノのバット。

CHARACTERS OF

神殿協会

ランディル

「神殿協会」の最古老の枢機卿。聖騎士からは『神威の雷光』と畏敬され、闇の者からは『裁きの稲妻』と恐れられる力を持つ。

フェリオール

「神殿協会」の司教。すべてを包み込む優しい笑顔で女子高生たちのアイドルと化しているが、本人は敬虔な神の使徒。

長《は》谷《せ》部《べ》翔《しょう》希《き》

鈴蘭と同じ高校に通う先輩。魔を倒す勇者として精進中（現在レベル19）。魔殺商会から鈴蘭を救い出そうとする。

クラリカ

「神殿協会」のシスター。神の名の下に、逆らう者を実力で排除する超強硬派。翔希とタッグを組んで魔殺商会に立ち向かう。

イラスト／2C＝がろあ〜（ケロQ）
デザイン／On Graphics

プロローグ

（もう誰《だれ》も……誰も信じるもんか……！）

夜中に。どこにでもあるようなアパートの一室で、吾川鈴蘭《あがわすずらん》は泣いていた。

静か過ぎるのが嫌《いや》でつけたテレビの中では、今日も〝神殿協会《しんでん》〟の司教様が映っている。場所は『神殿』の敷地《しきち》内だろう。広大な緑の奥に、ライトアップされた白亜《はくあ》の建造物……彼ら曰《いわ》く神殿……が垣間見《かいまみ》える。

《信じていただきたいのです――》

若き司教のその一言だけが、テレビの前の鈴蘭の耳に木霊《こだま》した。そして少女は、頰《ほお》を伝う冷たい涙《なみだ》を思い出す。

（信じるもんか……！）

親はいない。

生みの親は、生まれたばかりの鈴蘭を孤児院《こじいん》に捨てていった。里親の父は後に事業に失敗、酒におぼれて離婚《りこん》した。母の方について行ったが、その母も鈴蘭が中学に上がると新しく男を作り、どこかへ行ってしまった。しばらくは母方の親類をたらい回しにされ、おかげで中学生時代は一年と同じ学校に留《とど》まれず、まともに友達もできなかった。

生みの親の兄弟だと、ようやく名乗り出てきた親類は、借金を鈴蘭に押し付けて夜逃《よに》げした。要は詐欺師《さぎし》だった。
「ぐすっ……」
学校から帰ってきたら書置きと一緒《いっしょ》に、二千万円という途方《とほう》もない額の証文である。
《つまり、現実に……観念的なものではなく神が降臨すると……フェリオール司教はそうおっしゃるのですね？》
カメラが角度を変えた。神殿の上空……都心の夜空に、青白いもやがかかっている。
《はい。預言者様からの御神託《ごしんたく》によりますと、残すところ一週間と》
《一週間後に……あそこから、神が？》
興奮を隠《かく》せないインタビュアーの声に、カメラが夜空をズームする。オーロラか、虹《にじ》か、その青い色だけを取り出して滲《にじ》ませたような、まさしく神秘的な色が画面いっぱいに広がる。
ヘブンズゲート……神がくぐると言われている扉《とびら》だ。科学では説明のつかないそれこそが、一年ほど前に忽然《こつぜん》と現れた彼らが単なる新興宗教に留まらない一端《いったん》であった。
《はい。一週間後です――》
再びカメラが、白地に金糸の入った衣装《いしょう》、銀灰色《ぎんかい》の髪《かみ》、色白で細面《ほそおもて》の……清廉《せいれん》を現したような若者を映し出す。テレビの中の彼は、誰かの赤子の誕生でも祝うような暖かな笑《え》み。
加えて何者をも恐《おそ》れず、何者をも受け入れる……そんな、人を惹《ひ》きつけて止《や》まない微笑《びしょう》。インタビュアーの女性さえ、時として彼に恍惚《こうこつ》とするようにも見えた。
フェリオール司教は、今や女子中高生のアイドルだ。日本の世の常として、誰が呼んだか〝ふぇりっ君〟。それだけ親しまれているということだろうが、女子高生であるはずの鈴蘭にはどうでもよいことだった。
信じて、捨てられて。そんな現実的な暮らしを続けていたせいか、鈴蘭には、なぜ皆《みな》がそれほど熱狂《ねっきょう》するのか……彼らを信じるのかが理解できなかった。あえてフェリオール様と呼ぶ熱心なクラスメートも、連日連夜彼らを映す放送局も。
《――ですがそのためには、ある人物の祈《いの》りが不可欠なのです。今夜、こうして放送させていただいているのは、その人物についての心当りを尋《たず》ねたいからなのです》
《その人物、とは?》
インタビュアーが息を呑《の》み、マイクをフェリオールの元へ寄せる。
《鈴蘭という名の少女です》
画面の中の若き司教と目が合い、鈴蘭は総毛立った。
《名護屋河《なごやがわ》鈴蘭という名の少女です》
しばらくの沈黙《ちんもく》が続く。
司教の視線は逸《そ》れ、そして鈴蘭は脱力《だつりょく》した。鈴蘭は鈴蘭でも、吾川鈴蘭であったから。過去にそんな姓《せい》を名乗ったこともない。

《それだけ……でしょうか？》

《わたくしどもの得た手がかりはそれだけです。ですが信じれば、きっと主はあなたの前に――》

どうでもよいことだった。

神がいるなら。救えるものなら今この私を救って欲しい。でも救われはしない。明日からどうやって過ごせばいいかも教えてくれない。だから鈴蘭は、神なんて信じない。

（死のうかな……）

そんな考えが無理なく脳裏《のうり》を過ぎ、涙も枯《か》れた虚《うつ》ろな目付きで、キッチンに包丁を取りに向かおうとする。

乱暴にアパートのドアがノックされた。

ドアを開けた鈴蘭が何か言う暇《ひま》もなく、柄《がら》の悪い男が二人、鈴蘭にはただの一言もなく、土足で押し入ってくる。派手《はで》なスーツ姿の男が横柄《おうへい》に命令した。

「ようし、金目のもん全部運び出せ」

「ヘイ兄貴」

ヤンキーに毛の生えたようなジャージ姿の青年が、家財を一つ、また一つと持ち去っていく。

信じろと言っていたテレビも、コンセントもどかしく持ち出された。

神なんていやしない。世の中は酸《す》いだけで甘くもない。この二人も、神なんて信じちゃいないだろう。

部屋の隅《すみ》に立ち尽《つ》くしたまま、無表情に考える鈴蘭。

神殿協会によればもうじき神も降りようかというご時世《じせい》だが、鈴蘭にしてみたら世間の熱狂など嘘《うそ》のような夜だった。絞首台《こうしゅ》から塀《へい》の外の祭りを眺《なが》めたら、こんな気分なのかもしれない。

窓の外にはトラック。街灯の下で、質屋かブローカーか、もう一人の男が家財をチェックしながら電卓《でんたく》を叩《たた》いている。

そうこうするうちに時計は十一時を回った。

「あらかた片付いたな……で、いくらんなった？」

「ヘイ、五万とんで百と五円だそうです」

鈴蘭は思わず噴《ふ》き出した。

あまりに安くて。

そうして、ぎろり、と兄貴の視線が鈴蘭の方へ向く。

「そういうわけでねえ、お嬢《じょう》ちゃん。二千万には全然足《た》りねえんだわ」

「ひっ……！」

ぽん、と肩《かた》に置かれた手に、鈴蘭は身をすくめた。こういうときの相場くらい、鈴蘭とて知っていた。

「悪ぃけど、カラダ売ってくれねえかなぁ」

やっぱり。

最初は歌舞伎町《かぶきちょう》。次はどこかの温泉街。そうして使い古されて、最後はどこか見知らぬ国に売られるのだ。

(でも……それも仕方ないのかな。私はそういう星の元に生まれたんだ……)

だったら、せめてその天命を全うしよう。自分から死ぬなんて悔《くや》しすぎる。歌舞伎町でヤクザの情婦から本妻に成り上がってもいい。温泉街でどこかの社長と懇意《こんい》になって成り上がってもいい。見知らぬ国で……。

(そうだよ、生きていればきっと何かいいこと——)

「腎臓《じんぞう》とか……二つあるやつから頼《たの》むわぁ」

(うわぁ。いきなりバラ売りなんだ、私って……)

精一杯《せいいっぱい》プラス思考な未来予想図も破壊《はかい》され、鈴蘭が無言のまま連行されようとしたとき。

「暴走族か？　うるせえなぁ」

そんなような車の音が近付いてきて、アパートの前に止まったようだった。

「オレ、シメてきやしょうか兄貴」

「おう、行って来い」

弟分のヤンキーが部屋を出ようとドアノブに手をかける。

どがぁっ！

そのドアが蝶番《ちょうつがい》から外れて吹《ふ》き飛び、弟分を下敷《したじ》きにした。

表には、二十代前半の青年が蹴《け》りをくれた姿勢のまま立っている。細身にまとうのは開け放した黒いジャケットとスラックス。裾《すそ》を出した白いカッティングシャツ。銀縁《ぎんぶち》の角メガネの奥には、切れ長の鋭《するど》い目付き。

「そこまでだチンピラ」

端整《たんせい》な顔に似合う、落ち着いた声色《こわいろ》で言い放った彼は、下敷きのヤンキーにとどめ刺《さ》すようにドアを踏《ふ》みつけ、入ってくる。

その後ろから、鈴蘭と同じくらいの年頃《としごろ》の、癖《くせ》っ毛の少女がひとり。なぜかメイド服。目を悪くしているのか、頭の後ろから右目にバンダナを巻いた無気力な表情。本当になぜか、その手には日本刀。

「なっ……なんだテメエはぁ⁉」

「僕か？　僕はこういう者だ」

若者が差し出した名刺《めいし》を、兄貴は受け取る。鈴蘭は一緒《いっしょ》になってそれを覗《のぞ》き込んだ。

『伊織魔殺商会《いおりまっさつしょうかい》
会長兼企画《けんきかく》兼経理兼広報兼営業
伊織貴瀬《いおりたかせ》』

兄貴は目をしぱしぱさせながら名刺を見詰《みつ》めている。鈴蘭も、長い長い肩書きに目をしぱしぱさせる。

「ま……さつ。商会ぃ……？　それが、何だってんだ！　ああん⁉」

兄貴が言い終わると同時に、若者は真っ向からのストレート一発。

カッと見開いた目で、犬歯を見せて笑っていた。

「悪の組織だ」

1　悪の組織ですか。

先に手を出したのは若者——伊織貴瀬の方である。すっかりガランドウとなった部屋の中に、兄貴は鼻血を散らしながら倒《たお》れ込んだ。

「ってぇえ……っ！　な、なんだテメエ！　やるってのか⁉」

「もうやったんだ、僕は」

伊織は切れ長の目をギラつかせ、頰《ほお》を吊《つ》り上げて唇《くちびる》を歪《ゆが》めるいやらしい笑い方をする。ハの字眉《まゆ》の卑屈《ひくつ》な笑顔《えがお》は、何を考えているかわからない。

「やっろう……おいテル！　いつまで寝《ね》てやがる！　やっちまえ！」

「へ、へい！」

ドアを押しのけたヤンキーは腰《こし》の後ろから、短刀のような刃物《はもの》を抜《ぬ》き出す。鈴蘭は警察を呼ぶことも忘れ、小さく悲鳴するしかなかった。

「へ……へへ。ど、ど、どうよ！　ひっ、光りモノだぞ！　お、大人しくしやがれこんちくしょう！」

彼はそれまで人を刺した事などないのか、すっかり腰が引けている。だが、それを傍《はた》で見て膝《ひざ》を震《ふる》わせる自分に比べれば、まだずっと根性《こんじょう》がある。さすがヤンキー。

と、鈴蘭は思う。

「くくっ……新品じゃないか。沙穂《さほ》。少し見せてやれ」

伊織が刀を持った少女に言う。

沙穂と呼ばれた少女は、ぽーっとしているだけでどうともしない。

「ざっ、ざけんなよ！　そんなオモチャで……！」

チンピラが刃物を揺《ゆ》すって脅《おど》してくる。

伊織は困ったように指先で頭を掻《か》いてから一喝《いっかつ》した。

「軍曹《ぐんそう》っ！」

その瞬間《しゅんかん》、メイド姿の少女はびっくりした猫《ねこ》みたく、ぱちっと目を瞬《また》かせる。

「得物《えもの》のみ切ってよし！」

「はっ！」

伊織の声で、少女の姿がかすむ。打って変ってその口元には歪んだ笑み。いつの間に抜かれたのか、その刀は……チンピラのそれと違《ちが》って禍々《まがまが》しく、重く黒ずんでいた。

「了解《りょうかい》であります、主《ぬし》さま」

少女が言ったときには、短刀は根元から切れていた。ヤンキーはリーゼントの先がはらりと落ちるのを目で追って……悲鳴を上げて逃《に》げていく。あんぐりと口を開けていた兄貴も我に返るなり、ベランダから飛び出してしまった。

たのだ。

伊織が吐《は》き捨てたのを最後に静寂《せいじゃく》が帰ってきて、鈴蘭は力なくその場に座り込む。腰が抜けたのだ。

「た……た……助かりました……あの、ありがとうございます……」

目が合ったのは少女の方。刀身を揺らしながら、そわそわしている。

「切ってもいいですか？」

「へ？」

「切ってもいいですか？」

（うわっ。この子やばっ……）

目が。その刀のような、危なっかしい光を放っている。しかし、

「もう終わりだ、沙穂」

「……」

伊織の声で、沙穂と呼ばれた少女はしょんぼりと肩《かた》を落とした。それはそれで、やっぱりやばいと鈴蘭は思うのだが。

そうして伊織は、鈴蘭の方を見る。

「君が吾川鈴蘭だな？」

②

鈴蘭の頭は疑問符《ふ》でいっぱいである。

この伊織という青年は何者なのか？

悪の組織とはどういうことなのか？

あの沙穂という少女はなぜ軍曹なのか？

リーゼントは果たして武器《えもの》だったのか――等々。

「あ、あの……」

「吾川鈴蘭……旧姓《きゅうせい》深山《みやま》、その前の姓が木野、と。随分《ずいぶん》あちこちを転々としたようだな」

ズボンのポケットから取り出した紙片を、伊織が読み上げる。

彼の言うとおりだった。新しい親が出てくるたびに名字が変わり、同時に住む場所が変わった。最初の里親のときは両親の離婚《りこん》でも変わっていた。

そんな事を思い出すと、また悔《くや》しくなってくる。でも今は同時に、何かが変わろうとしている予感もする。

「……あの、あなたは……？」

「君は借金があるな？」

「へ……？」

「二十億ほどの」

「ににににじゅうおくっ⁉　二千万の……間違いじゃ……？」

「これを見ろ」

伊織は紙を折りたたみながら、また別な紙をポケットより取り出した。何だか細かい数字が様々に合算されて、最後にそのような桁数《けたすう》の額面が打たれていた。

「この、最初の親が事業に失敗したのが大きかったな」

里親の父の名がある。

「そのときの母親も、後で結婚詐欺《けっこんさぎ》にあって大分借り入れたようだ」

里親の母の名がある。

「それからだな……」

出るわ出るわ。およそ里親の親類縁者《えんじゃ》と呼ばれる辺りの……聞いたこともない名前までその書類には記されていた。とどめは……。

「なっ……⁉」

とどめは、最後の最後まで、今の今まで信じていた孤児院《こじいん》の院長先生。

「巣立って行った孤児たちの苦労を放っておけなかったそうだが——」

我が子同様の孤児らの借金を一身に背負った挙句、首が回らなくなったそうだ。

「……私も、院長先生の子供なんですけど？　私の苦労は？」

「知らん。要するにだ、そうした諸々《もろもろ》の借金を芋《いも》づる式に一本化していくと君に辿《たど》り着いたわけだが」

「でも、あの……明らかに私と関係ない人とかもいるんですけど？」

「知らん」

「しっ……知らないって……そんな無茶苦《むちゃく》」

ごつ。と鈴蘭は眉間《みけん》を小突《こづ》かれた。

「ったぁい……」

「こっちの言い分だそれは。どうすれば君の歳《とし》で億単位の借金が作れるんだ？　せっかく一本化した僕の苦労はどうなる？　え？」

ごつん。ごつん。

「も……もういやあああっ！　頭にきたんだから！　もう私は誰《だれ》にもなんにもあげないんだ！誰も信じないんだっ！　死んでやるっ！」

人間は醜《みにく》い。信じても信じても私を裏切る。本当に悪い人なんかいないと言っていた院長先生さえ、私を裏切った。そんな耳当《みみあた》りのいい言葉が私を騙《だま》し続けたんだ。

鈴蘭は沙穂の切り落とした刃物《はもの》を拾い上げ、その刃先を首筋に当てた。

「死んでやるっ！　みんなみんなみんな私を馬鹿《ばか》にしてっ！　私はっ……私っ……は」

「待て」

「来るなっ！　本気だぞっ！　ほんとに死ぬんだからっ！」

「金切り声で何度も言わなくても、もうわかった」

伊織は言いながら、鈴蘭の震《ふる》える指から刃を拾い上げる。

「確かに、無闇《むやみ》に一本化していった僕も馬鹿だったな。君のように無力な女の子に突き当たるとは予想外だった」

無力の一言が、ひどく胸に突き刺《さ》さった。そんな一言で全《すべ》てを表される自分。

「泣いても始まらんぞ？　まあ今の君から二十億もの金が取れるとは思わん……くくっ。僕の目を見て話を聞け」

「……」

「君には今二つしか選択肢《せんたくし》がない。この僕に仕《つか》えて二十億円分の働きをするか……この場で爆《ばく》死《し》するかだ」

「爆っ⁉」

ぽん。と鈴蘭の手に冷たい金属塊《かい》が与《あた》えられた。映画でしか見ないような手榴弾《しゅりゅうだん》であるが、現物は、その威力《いりょく》を語るような重さでのしかかってきた。

「誰にも何もあげたくないのだろう？　これなら綺麗《きれい》さっぱり消えてなくなる。ピンを抜《ぬ》き、レバーを引いて三秒後だ」

「っ……」

「ただし、このアパートにいる人間の半分も死ぬな」

「なに……言ってるの？　あなたは……？」

「君は今、天涯孤独《てんがいこどく》だ。誰にも責任は及《およ》ばん。少なくとも、この世から消える君が心配することじゃあ、ない」

ぎらり、と。伊織の目が光った。

「さあどうだ？　僕に仕えるか？　否《いな》か？」

「……どっちも嫌《いや》……って、言ったら……？」

「悔《くや》しいから、僕がこのアパートを吹《ふ》き飛ばす。ああ、もちろん僕と沙穂は逃《に》げるがな」

やばい。この人もやばい。

目がギラギラしてる。

「……そんなの、無茶苦」

ごつ。

「ったあぁぁ……ぃ」

「無茶苦茶は君だ。二十億を捨てるんだぞ僕は。命がけで僕を楽しませろ。当然だろう？」

「……」

「できないなら、僕に仕えろ。二十億稼《かせ》げるだけの状況《じょうきょう》を用意してやる」

ごつんごつん。

「働きます働きますぅっ！　だから叩《たた》かないで！」

自棄《やけ》になって叫《さけ》ぶ鈴蘭。

寂《さび》しげな顔で眼鏡《めがね》を押し上げる伊織。

「……そうか。僕が君の立場だったら、死んだ方がマシだと思うのだが。仕方ない」

「もういやあああっ！」

「……」

③

アパートの前にはすごい車が停《と》まっていた。ベンツだろうか。車体は真っ白いのに窓は真っ黒。車体の底は地面に擦《こす》りそうに低い。車の事をよくわからない鈴蘭にさえ、本能的に近付きたくないと思わせる高級車だった。

「くくっ、こんなガタイだがなかなか速いぞ。運転してみるか？」

「私、高校生です……免許《めんきょ》なんて持ってません」

「そうか。面白《おもしろ》そうだな、運転しろ」

だめだ。この人はホントにダメだ。

伊織は後部座席に沙穂と乗ってしまっている。鈴蘭は仕方なく運転席に座った。一方的に、一通りの操作の説明をされる。

もう自棄《やけ》だった。所詮《しょせん》自動車、ぶつけたって数十万円……二十億円に比べれば端数《はすう》がつく程度だろう。警察に捕《つか》まったって、悲しんでくれる親も、失うような地位もない。

ずぼろろろっ。

「エンジン、かかりましたけど……」

「では踏《ふ》め」

言われるまま鈴蘭は踏んだ。躊躇《ためら》いなくアクセルを。知らぬが故《ゆえ》に底突《そこづ》きするまで。

首が後ろに飛んでいきそうな勢いで車は加速し、すぐそこの交差点でパトカーに衝突《しょうとつ》する。

「あ、あ、あのあのあの、ぶつ、ぶつけっ……パトパト……」

「くっくっ……ふはは、パトパトか。君は愉快《ゆかい》だなぁ、鈴蘭」

笑う伊織と対照的な、怖《こわ》い顔したお巡《まわ》りさんに車を囲まれる。

「あのあのあの……」

「構うな。踏め」

借金取りと変わらぬ勢いで、黒い窓ガラスがお巡りさんにノックされていますが？

という思いを込めて、

「え？」

「くっ、本当に君は愉快だな。せいぜい、人は撥《は》ねるなよ」

踏んだ。もちろん底突きするまで。煙《けむり》吹くパトカーを押しのけて、交差点を直進していく。

「踏め」


「ひっ、ひえええっ……！」

生まれて初めて握《にぎ》ったハンドルで、極限の緊張《きんちょう》の中で、鈴蘭はアクセルを踏み続ける。

どこかの公園にコースアウトしても、

「踏め」

暴走族の溜《た》まり場《ば》に突っ込んでも、

「踏め」

警察署の駐車場《ちゆうしや》に飛び込んでも──。

「踏め」

「ってそれしか言えないんですかっ⁉」

「アクセルは踏むために付いているのだ。他《ほか》に言いようがない」

あったまきた。

踏む。

署から警官の飛び出してくる前で盛大にタイヤを鳴らしエンジンを唸《うな》らせ、停めてある車の片《かた》っ端《ぱし》からぶつかりつつ、脱出《だつしゆつ》する。

とにかく鈴蘭は、カーナビの矢印が上を向くように車を走らせる。その後ろで、沙穂は刀を抱《だ》いたまま、先の剣呑《けんのん》さを疑いそうな可愛《かわい》い顔で眠《ねむ》っている。伊織は伊織で、携帯《けいたい》電話をかけ始めていた。

パトカーの渋滞《じゅうたい》を先導するような只中《ただなか》で。

（なんなのこの人たち……!?）

先ほどいないと結論したばかりの神に、すがりたくもなってくる。

「……ああどうも。ええ、僕ですよ。ええ……ええ……くくっ、察しがいいじゃないですか。だが、僕が運転しているわけじゃない」

（誰《だれ》と話してるのかな……）

「……吾川鈴蘭、年齢《ねんれい》は十六歳。まあそこそこ見れる女の子です」

（むかっ……失礼な……！）

鈴蘭は、ルームミラーに映るにやけ顔の伊織を睨《にら》み付けたが、目が合った彼は余計笑《え》みを深めるばかり。

「ええ、恐《おそ》らくは。そちらにも話は行っているでしょう？　なんですって？　くくっ……冗談《じょうだん》じゃない。さすがの僕もここまでひどい運転はできません。ええ、ええ。ではそういうことで、総理」

「ぶっ！」

「ん？　どうした鈴蘭」

「そ、そそそうりって……」

伊織ががっかりしたように首を振《ふ》る。

「なんだ。今時の女子高生は内閣総理大臣も知らんのか？」

「知ってますけど！　知ってますけどぉ！」

「ではそういうことだ。君は現時点で政府のブラックリストに載《の》ったぞ」

「へ……？」

「これから先、君は警察以上に公安に目をつけられるということだ。いやはや、その歳《とし》でテロリスト扱《あつか》いとは……全く無茶苦茶だなぁ、君は」

「いいやあああああっ！」

④

薄曇《うすぐも》りの真っ赤な朝焼けが、不気味に映りこんだ巨大《きょだい》な屋敷《やしき》。巣食っているのは死霊《しりょう》か、悪魔《あくま》か、ドラキュラか……深い森を抜《ぬ》けた岸壁《がんぺき》にそびえ立つ、テレビで見た神殿《しんでん》とは対極のそんな屋敷に、ベコベコに傷ついた車は滑《すべ》り込んで行った。

「あ、の……ここは？」

「くくっ。売れない探偵《たんてい》が主人公の物語にあるだろう？　自宅兼《けん》事務所という奴《やつ》だ」

「ハア……そう、です、か」

車から降りると、鈴蘭はなお圧倒《あっとう》された。よく見れば朝焼けに赤く染まっているからこそ怖《こわ》いだけで、その大きさ、荘厳《そうごん》な構えは、ここがヨーロッパであれば立派な観光地たりえるだろう。

（自宅って……売れない探偵って……？）

何かとてつもない世界に迷い込んでいる、鈴蘭はそんな気だけはした。仮にこの若者の頭がおかしいだけにしても……あの電話の直後にパトカーの追跡《ついせき》が止《や》んだのは何だったのか？

「さあ行くぞ」

「え？　あの……車……」

「そこに放《ほう》っておいてかまわん」

「沙穂……ちゃんは？」

「しばらくは用もない、寝《ね》かせておけ」

いいんだろうか。こんな危険な子を野放しで。そんな思いに後ろ髪《がみ》引かれつつ、鈴蘭は伊織の後について歩いた。

「わぁ……」

屋敷の中はハリウッドスターが歩いていても遜色《そんしょく》ないだろう艶《あで》やかさだ。玄関《げんかん》のホールからして吹《ふ》き抜け、レッドカーペット、シャンデリア、鎧《よろい》の置物、絵画、etc、etc――しかしながら明かりが消えた瞬間《しゅんかん》、ホラー映画の舞台《ぶたい》になりそうな、古風な様式でもある。

長い廊下《ろうか》には幾《いく》つものドアが連なるが、うち一つを開けて伊織は言った。

「さあ試験だ。入りたまえ」

「へ？」

「使えるか使えんかテストすると言っているのだ」

言われるまま敷居《しきい》をまたごうとして、鈴蘭はふと疑問。

「……落ちたらどうなるんですか？」

それだけは聞かれたくなかったのか、伊織は無念そうに首を振る。

「君を公安に突《つ》き出さねばならん」

「なっ⁉」

「僕も日本国に籍《せき》を置く者だ。当然の責務だろう？」

「だ、だだだって、それは……！」

「受かればいいのだ。進むことしかできぬ分岐《ぶんき》点なら、進んでから心配しろ。それが利口というものだ」

「……」

「そうだ。くくっ……君は利口だ」

眉《まゆ》を引き締《し》め入室した鈴蘭を見て、伊織は眼鏡《めがね》を輝《かがや》かせた。

入った室は、そこだけありふれた日本。学校にあるような、パイプの足した机と椅子《いす》が一対《いっつい》だけ、タイルの床《ゆか》にぽつーんと置いてある。前面に移動式の黒板。ボタンの付いた教卓《きょうたく》。

鈴蘭が席に着くのを見て、退室した伊織。さてどんな面接官が現れるのかと待つことしばし。

ありふれたグレーのビジネススーツにネクタイを締めた伊織が戻《もど》って来た。

（……なぜ？　だろう……）

「えー。それではー。これより伊織魔殺商会の入社試験を行いマース」

（この人、ヘンだ……って）

え？

「まっさつ？」

鈴蘭の疑問に、伊織が教卓のボタンを押す。

天井《てんじょう》から金ダライが降ってきた。

「ったあぁぁぃっ！」

「何かね君は。入社を希望する会社の名前も知らんかったのかね？　んん〜？　本来ならこの時点で帰ってもらうところだよ君ぃ？」

「す……すみません……まっさつしょうかい、ですか？」

「そうです。えー、ではー。吾川鈴蘭くんね」

何が書いてあるのか、クリップボードの書類に目を通す伊織。

「学校での部活は何をしてましたか」

「えっと……陸上部です」

「なるほど、得意な種目は？」

「トラック競技はだいたい……」

伊織がふむふむ頷《うなず》きながら、何やら書き込んでいく。見えない鈴蘭としてはひどく不安。

「最近読んだ本は？」

「……山本五十六《やまもといそろく》の伝記、とか」

「海軍元帥《げんすい》の？」

「海軍元帥の、です」

ふむふむ。

「あ、あとエルウィン・ロンメルの伝記も」

「……砂漠《さばく》の狐《きつね》の？」

「砂漠の狐の、です」

ほうほう。

「変わった本が好きなんですねえ」

「いいえ、伝記が好きなだけでして……」

不幸、困難、そういったものを乗り越《こ》えて人間性を磨《みが》き、偉業《いぎょう》を為《な》していった先人たち。鈴蘭はそんな彼らの話を読んで、「こんな私でも、いつかきっと……」と夢想に浸《ひた》るのが好きだった。ヘレン・ケラーや野口英世《のぐちひでよ》などの著名なところは大分前に読み尽《つく》していたので、最近は軍人のそれが続いていただけだ。

「身長は？」

「一五五センチです」

「体重……は、止《や》めときますか。女の子ですからね。えーと……」

そうして面接らしい、脈絡《みゃくらく》のない質問が幾《いく》つか続き——。

「あなたは、自分が二十億円稼《かせ》げると本気で思っていますか？」

「え……？　と……わかりません。でも……稼げるなら稼ぎたいと思います」

「なぜあの時、死を選ばなかったのですか？」

「……わかりません。でもやっぱり……死ぬのは、怖《こわ》いです。それに……無責任です……」

「では最後の質問です」

伊織が眼鏡を押し上げ、薄《うす》ら笑いでその目を輝かせた。

「君は神を信じているか？」

鈴蘭はいぶかった。

最後の質問で神。口調も変わった。神殿《しんでん》協会と何らかの関連性があるのだろうか。

しかしそんな疑念は一瞬《いっしゅん》だ。気がつけば口走っていた。それまでの不安、恐怖《きょうふ》、苛立《いらだ》ち、全てをぶちまけるように鈴蘭は気を吐《は》いていた。

「いたら、どうして私はこんなに不幸なんですか？　あの詐欺《さぎ》司教が言うような、本当に平等で、永遠に平和で、誰《だれ》も争わないような世界が来るなら……じゃあ神が降りてくるまで不幸だった私はなんなんですか⁉」

「くくっ、そうキレるな。僕に言われてもなぁ……」

言いかけ、伊織がノックされたドアを向く。がちゃりとドアを開けて入ってきたのは青みがかったような黒髪《くろかみ》をした、年の頃《ころ》五歳か六歳かという小さな女の子。

「どうしたリップルラップル。今は……」

ぱがぁっ！

女の子はてくてく伊織のそばまで歩いていくと、さっと金属バットを振《ふ》り上げ、と伊織の頭を殴打《おうだ》した。

「なっ……な、なにをするっ！」

「車《ロリンザー》、べこべこなの」

「あれは僕がやったのではない！　この子が……！」

ぱがぁっ！

「ぎゃあああああっ！」

「言い訳は、よくないの」

ふるふると、小さく首を横に振った女の子。愛らしい黒目がちな瞳《ひとみ》をぱちくりとして、伊織の書類を覗《のぞ》き込み、ほうほう、とでも言うように二度頷《うなず》く。それから呆然《ぼうぜん》の鈴蘭へと振り返り、こくこく。

「ま、頑張《がんば》るの」

言い残し、てくてく歩き去っていった。

(な……なに……？)

力説して拳《こぶし》を握《にぎ》った姿勢のまま、鈴蘭は呆然。

「くそ……あれがリップルラップルだ。言うなれば……」

紹介《しょうかい》しかけたとき、次に入ってきたのは沙穂と同じメイド姿、腰《こし》までもある長い黒髪をリボンで束ねた、美しい女性である。ふわーりふわりと宙を浮《う》き、よろよろと起き上がる伊織に近付いて……。

はた、と鈴蘭と目を合わせる。

ぽかんと口を開けた鈴蘭に対して、女性もびっくりした……着替《きが》えていたら突然《とつぜん》男の人に入ってこられたような……顔で。

すうっと床《ゆか》に足を付ける。

「えっと……」

それだけ呟《つぶや》いて、つつつ、と女性は後ろ歩きに退室して行った。気まずそうに。

「待てみーこ！　この子は我が社の入社希望者で……ええい、どいつもこいつも」

「なっ……なななななんで浮いてたんですか今の人っ⁉」

「くくっ……まあ落ち着け。あれしきで驚《おどろ》いていたのではこの先が務まらんぞ？」

「でででっでっ、でもでもでも浮いて！」

「あれは、そういうところのモノだ」

「へ……？」

「いいか鈴蘭。ああいったモノの存在を知るということが……つまりは二十億を稼ぎ出せる状《じょう》況《きょう》ということだ」

そうして伊織は鈴蘭の元までやってきた。彼は二つの指先で鈴蘭の顎先《あごさき》を持ち上げ、吐息《といき》の感じられそうな距離《きょり》まで顔を寄せ。

鈴蘭の頭に血を昇《のぼ》らせる。

「ようこそ鈴蘭。君の入社を歓迎《かんげい》する」

「あっ、あああ、あのその、伊織さん……」

ごつ。

「ったあぁぁあい！」

「僕のことは隷属《れいぞく》の意思で伊織様と呼ぶか、服従の念でご主人様と呼べ」

「……で、でも……そんな……」

「ん？　どうした、鈴蘭」

囁《ささや》かれ、耳まで赤くした鈴蘭はくらくらする頭で――潤《うる》む瞳で小さく頷いた。

「はい……ご主人様……」

「くっ。いい子だ、鈴蘭」

少女の艶《つや》やかな髪を一撫《な》でし、伊織は離《はな》れた。その瞬間、何か悪い魔法《まほう》でも解けたように鈴蘭は我に返る。

「なっ、なっ、なんなんなんなんなんですかこの会社っ⁉」

「言わなかったか？」

伊織が押し上げた眼鏡《めがね》を輝《かがや》かせた。

「悪の組織だ」

2 空飛ぶ氷砂糖。

①

（ねむっ……）

なんだかんだで丸一日が過ぎ。

色々あったが、昨日の事が夢ではなかったのだと確認《かくにん》する鈴蘭。

そこはアパートではない。今起きたのは少し軋《きし》む、木製のベッドの上。白い漆喰《しっくい》の壁《かべ》。窓の外には鬱蒼《うっそう》と茂《しげ》る黒い森が、早春の朝露《あきつゆ》に輝いている……。

「今日は……オリエンテーション？　だっけ……」

まだ少々ぼーっとする頭で、服を探す。

ない。

昨日まで着ていた高校のセーラー服の代わりに、机の上に衣類が靴《くつ》から一揃《ひとそろ》え。『制服　M』とサイズの書かれた紙が張ってある。

とりあえず着替《きが》えていると、また様々な疑問が首をもたげてくる。

なぜあの女の子は伊織を殴《なぐ》ったのか。

なぜあの女の人は浮《う》いていたのか。

悪の組織とはどういうことなのか……等々。

「はい？　どうぞ」

着替え終わった鈴蘭はノックの音に返事する。入ってきたのはみーこという、昨日浮いていた女性。

ラベンダー色のリボンで束ねたロングヘアと、花の揺《ゆ》れるようなたおやかな笑《え》み。化粧《けしょう》っけもないのに美しい顔には、慎《つつ》ましやかな雰囲気《ふんいき》と同時、少女のようなあどけなさもうかがえた。

「まあ可愛《かわい》い。もう着替えたのね。サイズはどうですか？」

おっとりとした口調で目を細めたみーこが、鈴蘭の全身を眺《なが》め渡《わた》す。

「えっと、丁度いいみたいですっ……て、私もメイド服ですか!?」

改めて見て気付く。

「制服なんですか、これ……」

「伊織様のご趣味《しゅみ》なんです……」

暖かだったみーこの瞳《ひとみ》が、少しだけ悲しそうに下を向く。しかしそれもわずかの間。彼女はゆっくりとした動きで自分の頰《ほお》に手を当て、微笑《ほほえ》み、鈴蘭を見る。

「でも鈴蘭さんは、とてもよくお似合いですよ」

「あああいいいいえぇ、そんな、みーこさんほどでは……」

上目遣《づか》いに謙遜《けんそん》する鈴蘭。

みーこはすらりと背が高い。スカートの裾《すそ》から見える足首、エプロンを締《し》めた腰《こし》は細く、そうしてスレンダーではあるが……胸のふくよかな感じは、エプロンの上からでもはっきりとわかるほど。

「食堂に朝ご飯を用意しましたから。一緒《いっしょ》に食べませんか？」

「は、はい……」

鈴蘭は部屋を出ると、おずおずとみーこの後について歩いた。

彼女は歩き方からして背を真《ま》っ直《す》ぐ伸《の》ばし、足音も静かに、エプロンの前に手を揃えて……といった具合。腕《うで》を振《ふ》ってたったか歩く自分を第三者の視点で見てしまった鈴蘭は、後ろめたい気持ちさえ覚えてしまう。

「まだわたし、詳《くわ》しいことは聞かされていないんですけど……昨日は大変だったんじゃないですか？」

「あ……いや……はぁ……」

それはもう大変だったのだが、彼女自身が心を痛めているようで、鈴蘭は返事に詰《つ》まる。そして彼女は一層表情を曇《くも》らせる。

「やっぱり。ごめんなさいね……」

「いやっ⁉　みーこさんが謝ることではないような気がするんですが⁉」

「でも……きっとこれから、もっと大変なのに……」

「……」

そうなんですか？

とは、返事が怖《こわ》くて聞けなかった。

②

「彼女が昨日、新しく我々の仲間となった吾川鈴蘭君です。はい、挨拶《あいさつ》してー」

「吾川鈴蘭です……よろしくお願いします」

昨日入った、学校の教室風の部屋である。

ぱちぱちぱち、とにこやかに拍手《はくしゅ》したのは、黒板の横に控《ひか》えたみーこだけ。

「はい、じゃあ鈴蘭君も席に着いてー」

昨日と同じビジネスマン姿の伊織に促《うなが》され、鈴蘭は着席。右隣《みぎどなり》は無気力な表情でぽーっとしたような沙穂。左隣は背が足らず、口より下が机に隠《かく》れてしまってるリップルラップル。

「えー。ではー。オリエンテーションでーす……というかだな、早い話が座学だ。しっかり学べ」

「はい」

と返事したのは鈴蘭だけ。リップルラップルは届かぬ足をぶらぶら揺らし、沙穂は開いている片目で、ぽーっと。伊織でもないどこかを見詰めている。

「しかし、だ。僕から一方的に言ったのでは頭への入りも悪いだろう。鈴蘭、会社についての疑問があれば言ってみろ」

「はい……えっと……悪の組織ってどういうことですか？」

「語感のまま思え」

答えになってない気がするのですが。

「……じゃあ、世界征服《せいふく》とかするんですか？」

伊織が教卓《きょうたく》のボタンを押した。今度はざばーっ、と大量の水が鈴蘭の上から降ってくる。

「君はバカか？　そんなことが可能ならとっくにやっているとも」

（やるんだ……）

「そうだな、詳しく言えば……」

言いかけ、伊織がリップルラップルの方を見た。ふるふると首を振った女の子に、伊織は一度目を伏《ふ》せる。

「いや、君にはまだ、知る資格がない」

「ハァ……」

返事しながら、鈴蘭はそれとなくリップルラップルの方を横目にする。それに気付き、彼女もこっちを見る。

なに？　とでも言いたげに小首をかしげるリップルラップル。鈴蘭は、いえ何も、と首を振って前へ向き直る。

「他《ほか》に質問はあるか？　鈴蘭」

「んーと……二十億円稼《かせ》げる状況《じょうきょう》っていうのは？」

「ああ、あれか。そうだな……君はファンタジーというものがわかるか？」

鈴蘭はざっと記《き》憶《おく》をめぐらせた。

まず筆頭に剣《けん》と魔《ま》法《ほう》のそれ。

「……ゲームとかなら」

「それでいい。ゲームでもマンガでも結構だ。そうした物理法則を超《こ》えた不可思議な話が現実にある、と考えろ。魔導力《まどうりょく》が支配する世界だ」

「へ？」

伊織が再び背中を見せて黒板に向く。地層を示すように横線を引いていく。

「今まで君が生活していたのはここ。つまり世間一般《いっぱん》だ。暗殺者やスパイが暮らしているのがここ。映画などでいう裏の世界だが――」

伊織はさらにその下をチョークで叩《たた》いた。

「――これから君が生き延びていくのがここ。つまり世《せ》俗《ぞく》を離《はな》れし、魔喰《く》らい魔に喰らわれる闇《やみ》の世界だ」

「？　？　？」

「みーこが浮《う》くのは、この闇の世界の話だ。つまりそこで生き延びていく君は、あの程度は常識としておかなければならん。スイッチを入れれば電気が点《つ》く、蛇口《じゃぐち》をひねれば水が出る、アクセルを踏《ふ》めば車が走る……同じように、みーこは浮く。いや、僕たちが浮かないと言い換《か》えても通用する」

「いえ……でも……ええ〜……？」

普通《ふつう》の女性にしか見えないみーこの、困ったような表情を窺《うかが》いながら。

教卓のボタンが押される。金ダライが降ってきて鈴蘭の頭を直撃《ちょくげき》。後、跳《は》ね返ったタライがリップルラップルの頭にぶつかる。

「ったぁぁぁぁあぁ……ぃ」

涙目《なみだめ》の鈴蘭の横で、きょとんとしたリップルラップル。直後、どこから取り出したのか、少女の投擲《とうてき》した金属バットは伊織の額に命中した。

「ぎゃあああっ！　な……なにをするっ！」

「痛いの」

「痛いのは僕だボケッ！」

今度は無造作に金ダライを投げるリップルラップル。伊織の額に命中する。

「口答えは、よくないの」

「……すみませんでした」

どういう上下関係が働いているのだろうか。

伊織の反省の弁に少女はこくこく頷《うなず》き、

「まあ、よしとしておくの。以後、気をつけるの」

（なんていうか……すごい子だなぁ……）

誰《だれ》が一番可哀想《かわいそう》かといえば、口元に両手を当ててはらはら、おろおろしていただけのみーこであったが。

「あー……話が逸《そ》れたが……生き延びられればいくらでも目にすることができる話だ。そうした概念《がいねん》があるからこそ、我々は表側の世界で優位に立っている。奴《やつ》らもな」

「奴ら……？」

伊織が『神殿協会』と書いたのを見て、鈴蘭はあっと声を上げた。

鈴蘭も、彼らが奇跡《きせき》と呼ばれるところの超常《ちょうじょう》を操《あやつ》ることはテレビで見て知っていた。つまりその魔法のような……実際、魔法と呼ぶらしいが……力の正体が、魔導力なるものなのだろう。

「あの下らん詐欺師《さぎし》集団すら人心を支配できる。つまりは、君でも二十億を稼ぎ出せる状況だ」

③

「ハァ……で、あの。さっきから生き延びる生き延びるって……死ぬんですか私？」

「命ある者いつかは死ぬが……君が身を置いた世界は、その確率が異常に高い」

（うっわぁ……）

乾《かわ》いた微笑《びしょう》が、自然と鈴蘭の口元を彩《いろど》る。

「世俗では命に値段は付けられんというが、この世界では簡単にレートで換算《かんさん》されるということも覚えておけ」

（……相場とかあるんだ……）

「ただし、実際の価格を決めるのは君自身だ。二十億という価格はあの時、死を拒否《きょひ》した君が宣言したものだ。僕はそれを信じたに過ぎない。あとは君がそれを証明すればいい」

「あ……。はい……あ、あのそれで……この会社は神殿協会と何か関係があるんですか？」

「全く無い。今のところは」

静寂《せいじゃく》な室に派手《はで》な着メロが流れたのは、その直後だった。伊織が懐《ふところ》から携帯《けいたい》電話を取り出す。

「ああ、僕だ。ああ……そうか、わかった。すぐに向かうとしよう」

通話を切った伊織が鈴蘭を見て笑う。

「さあ、オリエンテーションはまだ続くぞ。今度は我が社の仕事を実際に体験してもらおう。研修だ」

◆

伊織と鈴蘭、そして沙穂が出て行った後の一幕。

「……リップルラップルちゃん。人様に、物を投げてはいけません」

腰《こし》に手を当てて怒《おこ》った顔を作るみーこへ、リップルラップルは、ふるふると首を振《ふ》る。

「正当なる防衛なの。因果にして、応報だったの」

「それはね……でも、だからって、やり返していいってことはないのよ」

「止《や》むを、得なかったの。もっと情状を、酌量《しやくりよう》するべきなの……」

と言い残し、泣くふりをして部屋を飛び出していくリップルラップル。

「あ、ああっ。待って、そんなつもりじゃ……」

嘘《うそ》泣きに騙《だま》されて、みーこは追って行った。

それだけの話。

④

昨日とは違《ちが》って静かな、しかし窓は黒い大仰《おおぎよう》な高級車に乗って、鈴蘭はとある埠頭《ふとう》にやってきていた。

船舶《せんぱく》は彼方《かなた》に見えるが、この近辺はまるで人気が無い。もっと遠くには、ぼんやりとした青い光が見て取れる。

（ヘブンズゲートかぁ……）

都心は向こうにあるのだろう。みんなは、どういう思いであれを見上げるのだろうか。

「大分運転に慣れてきたな」

と、後席にリラックスした態度の伊織。彼の隣《となり》は刀を抱《だ》いた沙穂。

「ハァ……まぁ……どうなんでしょう？」

少なくともタイヤがキーキー鳴ったりすることは無くなった。アクセルとブレーキの加減ができるようにはなった。

「ところで、こんなところで仕事って……？」

「資金の調達だ。あそこに商用貨物が停《と》まっているだろう」

と伊織が横を向く。

寂《さび》れたように閑散《かんさん》とした幾《いく》つもの倉庫。そのうち一つに、ワゴン車が停まっていた。それと場に似合わない、車体も窓も黒い高級車が数台。サングラスをした男が二人、倉庫の裏のドアの前に立ち、こちらを向いている。

「……あの。ご主人様。あれって……私の家に取り立てに来た人と……」

「同種のクズだ」

「ハァ……それで？」

「現在あの中で氷砂糖の売買が行われている」

「へ？」

「非常に希少な氷砂糖でな。一欠片《かけら》だろうと、末端《まったん》にすれば数百万にもなる代物《しろもの》だ」

「へえ……おいしそうですね」

「くくっ、いいぞ鈴蘭。一口すれば空を飛ぶ……まあそういったものだが、奴《やつ》らには過ぎた代物だ」

なるほど、なるほど。みーこが浮《う》くのが闇《やみ》の世界……だから、闇の世界のアイテムということか。

もっとも、そんなメルヘンなアイテムをなぜ彼らが？　というところまでは鈴蘭の考えは到《いた》らなかったが。

「今回は恐《おそ》らく、五千万前後の金が動いているだろう」

「ハァ」

「かっさらって来い」

「……」

「……」

「あの……どっちを？」

「根こそぎ、だ」

「それって……悪いこと、ですよねぇ……？」

「君が今いる会社はなんだ？」

悪の組織です。

「でも……タダじゃ済まないような……」

「悪の組織がチンピラ風情《ふぜい》を恐れるな。相手はたかが人間だ、真っ向から切り込んでやれ」

昨日まで女子高生だった自分がすでに懐《なつ》かしい。

伊織は犬歯を見せてニヤニヤ笑っている。

「どうした？　君が稼《かせ》ごうとしているたかが数パーセントが動くだけだぞ？　それとも研修でリタイアするか？　だったらこのまま警視庁まで車を走らせろ。並のオマワリじゃあ君の顔など知れてもいない。死にたいならそこのダッシュボードに手榴弾《しゅりゅうだん》がある。どちらにせよ、僕は二十億円分楽しむ」

どっちも、とりあえずは嫌《いや》だった。

というか鈴蘭はいい加減、この伊織の横柄《おうへい》な態度に腹が立ってきていた。この男を楽しませたくない。しかも命や人生まで使ってなどまっぴらだ。

でもヤクザはやっぱり怖《こわ》いので、鈴蘭は恐る恐る聞いてみた。

「……沙穂ちゃんもいっしょにぃ……とかぁ……」

「連れて行っても構わんが、それだとオリエンテーションにはならんな」

「……ですよねぇ」

「ああ。ただの惨劇《さんげき》だ」

「行ってきますぅっ！」

出立の声とは裏腹に、鈴蘭は三歩進んでから二歩下がり、三歩下がり、やっぱり怖くて車内を見ると……伊織が楽しそうに、手榴弾をちらつかせている。

進む←死亡。

戻《もど》る←死亡。

そんな選びようもない真理を悟《さと》り、鈴蘭はとぼとぼと歩いていく。律儀《りちぎ》にも見張りのヤクザと二言三言かわすと……切り込むと言うよりは連れ込まれる風に、メイド姿の少女は姿を消したのだった。

⑤

——数分後。

「いいぃぃぃぃやあああああぁぁぁぁ!!」

盛大な爆竹《ばくちく》音と共に、鈴蘭は倉庫を飛び出してきた。ぴゅんぴゅんと、超《ちょう》高速の物体が飛び去っていくのが聞こえる。それでも左手にはスーツケース、右手にはジュラルミンケースと、ミッションは遂行《すいこう》中だ。

鈴蘭は伊織の待つ車の助手席にそれらを投げ込み、自身も飛び込んだ。震《ふる》える全身を使って叫《さけ》ぶ。

「かっかかかかかか覚醒《かくせい》じゃないですか！　覚醒じゃないですか！　大陸系のキムさんがナントカ会のワカガシラと！」

「いいから踏《ふ》め。死ぬぞ」

エンジンはかけっぱなしだったので、鈴蘭は踏む。ガチガチ奥歯を鳴らしながら、昨日と同じ勢いで。

「まままま窓が⁉　ドアがばちばち言ってますけどっ⁉」

「くくっ、このリンカーンは大統領専用車と同種の防弾《ぼうだん》防爆仕様だ。豆鉄砲《でっぽう》など気にするな」

「すっすすす……すごいんですか⁉」

「パンクしようが地雷《じらい》を踏もうが走れる。さすがに核《かく》ミサイルへの直通回線はついていないがな」

鈴蘭の混乱した頭は、バチバチ音を聞き取ることで精一杯《せいいっぱい》だった。

「追ってきます追ってきますぅっ！」

「追いつかれても問題はない」

「へ？　でもさっき死ぬって……」

「奴《やつ》らがな」

鈴蘭はアクセルを踏み込んだ。

後部座席で、刀を持った沙穂がそわそわと伊織を窺《うかが》っていたので。

◆

「ふ……振《ふ》り切りましたよね？」

「警察以外はな」

バチバチ音の代わりにサイレンの音が聞こえていた。慣れとは怖い。と、やや緊張《きんちょう》の解けている自分に気付き、鈴蘭は思う。

「あのー……ところで私……撃《う》たれたんですけど……血とか……出てないんですけど」

「よかったじゃないか」

「ハァ……いえ、なんででしょう？　腕《うで》とか背中とか、びしっ、ていってたんですけど」

石、ほどは痛くないが、伊織の言葉を借りるなら、文字通り豆鉄砲が当っていたような感覚だった。

「そのエプロンドレスは魔導皮膜《マジックコーティング》が施《ほどこ》されている」

「へ?」

「チンピラ程度の武装では切っても突《つ》いても破れはしない。僕たちがいる世界の、世俗《せぞく》に対する優位性とはそういうものだ」

「わぁ、すごい！　……って、あの。顔とか足とかは……」

「だから。よかったじゃないか」

「もういやあああああっ！」

3 バカです、バカがいます。

①

悪夢のようなオリエンテーションが終わり、ベッドの中でまどろんでいたときのこと。

「わぁっ⁉」

外部からの刺激《しげき》に異常に過敏《かびん》になっていた鈴蘭は、インターホンの呼び出し音に飛び起きた。

タクタク鳴る部屋の柱時計は、二時を少し過ぎた辺りか。カーテンの隙間《すきま》からは明かりが差さない。草木も眠《ねむ》る丑三《うしみ》つ時だ。

（うー……せっかく長谷部《はせべ》先輩《せんぱい》といい感じな夢を見てたのに……）

しかしそんな可能性があった学校生活も過去の話。仲のいい友達も素敵《すてき》な先輩も、ここにはいやしないのだ。

寝《ね》ぼけ、よれよれともつれる足で歩きつつ、鈴蘭は机の上のインターホンを手に取った。

「ふぁ……はい……？」

《すぐに門のところまで来い》

「ふぇ……？」

《デカイ仕事だ。くれぐれも制服を忘れるなよ。急げ》

ぶつり。通話が途絶《とだ》える。

鈴蘭はしばし受話器を眺《なが》めてから……やおら叩《たた》きつけるようにそれを置いた。夢が夢だっただけに猛然《もうぜん》と腹が立ってきて、その怒気《どき》に怯《おび》えるように、眠気はどこかへ消え去った。

②

スゴイ音をがなり立てるランボルギーニという車が、とびっきりのスピードで高速道路をすっ飛んでいく。運転しているのは伊織だ。助手席で固まっているのは鈴蘭。

「あの……いま、何キロぐらい……」

冷や汗《あせ》半分、メーターを覗《のぞ》き込んだ鈴蘭は、それを見なかったことにした。

「たかが二四〇キロだ、気にするな。世俗のホンモノどもは僕なんかよりもっと早いぞ」

「ハァ……。で、どこに向かって……げうっ⁉」

車が急ブレーキと共に進路を変えた。しかしインターチェンジを旋回《せんかい》しつつまた加速、料金所を出るには少しあり得ない速度で……。

「ぃぃいいやあぁぁぁぁぁああ⁉」

抜《ぬ》けた。

鈴蘭は、針の穴をくぐる糸の気持ちが、ちょっぴりでも、わかったような気がした。

「ご主人様っ⁉　ご主人様ああああぁッ⁉」

「そうはしゃぐな。今回は急ぎなのだ」

「なんですかっ⁉　今日の仕事って何なんですかっ⁉」

「正義の味方を邪魔《じゃま》することだ」

◆

車は霧《きり》の深い峠《とうげ》道を一応、常識的な速度で登っていく。

「正義の……味方って……」

「悪の組織と対立する者が他《ほか》にいるか？」

鈴蘭は考えたが、ちょっと思い当たらない。そもそもそういう、男の子が見るような番組はあまり見たことがない。

「とは言え、だ。特撮《とくさつ》系のサイボーグやポリマースーツの戦隊とは少し違《ちが》ってな。古式ゆかしい歴史を持つ厄介《やっかい》な連中だ」

「……それも、闇《やみ》の世界の人たちなんですか？」

「そうとも。だからデカイ仕事だと言っただろう。魔《ま》を喰《く》らうエキスパート……いや、連中はもっとタチが悪いな。喰いもしない。ただ屠《ほふ》り、葬《ほうむ》り、古くにはそれによって世俗《せぞく》を扇動《せんどう》し続けてきた……そういった連中だ」

伊織のにやけた横顔を見ていたせいだろうか。独裁者のようなイメージが、鈴蘭の頭の中ではでき上がっていく。

「そんなのが、正義の味方なんですか？」

「そうとも。〝勇者〟だ」

車が速度を落とし、砂利《じやり》の敷《し》かれた路肩《ろかた》に停《と》まった。エンジンが切れて静寂《せいじやく》。

「あの……ご主人様？」

「なんだ？」

「バカじゃないですか？」

ごつ。ごつんごつんごっつん！

「きゃあきゃあきゃあきゃあっ⁉」

「いいかよく聞けこのクソバカ給仕《きゆうじ》が！　なんだったら僕も不本意ながら貴様のその貧相《ひんそう》な身体《からだ》を二十億円分たあああああああっぷりと辱《はずかし》めてやってもいいのだぞ⁉」

ごつんごつん！

「ごめんなさいごめんなさいもう言いません！　もう言いませんけどぉ！」

「けどなんだ⁉　まだ口答えするか⁉」

「しませんしません！　ただ、勇者って……それってひょっとして神殿《しんでん》協会と関係が……？」

伊織はぜえはあと荒《あら》げた息を整えながら、シートに身を沈《しず》める。

「クソバカにしてはいい勘《かん》だ。奴《やつ》らはまだ公にはしていないが……このまま行けば、いずれフェリオールのようなマスコットとして巷《ちまた》をにぎわし始めるだろう」

「ふえぇ……そうなんですか？　じゃ、あの……今までの流れからして……魔王とかもいたりして？」

「いない」

「……ですよねぇ」

「そうだ。いない。だが勇者はいる。そこを登った展望台にな」

伊織の指した方には木立に挟《はさ》まれた階段。遊歩道だ。すぐ脇《わき》にオートバイが停まっている。

それが現代の勇者の乗り物なのだろうか。

なんとなく、カッコイイとは思うけど……。

「で……あの……何をすれば？」

「一発かましてやれ」

どさ、と助手席にいる鈴蘭の膝《ひざ》の上に、黒い鉄塊《てっかい》が放《ほう》られた。昨日、埠頭《ふとう》の倉庫でお目にかかった、ぴゅんぴゅん鳴る高速物体を発射する、爆竹《ばくちく》の音がするものだ。

拳銃《チャカ》、拳銃《ハジキ》、拳銃《ハンドガン》……呼び方は様々なれど。

(ひえぇぇぇぇぇ……!?)

震《ふる》える手でそれを取り上げようとして、もっと大きな身震いに苛《さいな》まれる鈴蘭。

「でっ、でででできませんん！　ひひひっひひっ人殺しなんなんかかかかか……！」

「馬鹿《ばか》を言うな。相手は勇者だ。その程度で死にはせん」

「へ？」

「貴様のようなクソバカ給仕があの弾幕《だんまく》で死なんかったのだぞ。むしろ殺せるものなら殺してこい。こっちとしては大助かりだ」

「で……も……」

「仕留められたら二十億をチャラにしてあの屋敷《やしき》を譲《ゆず》った挙句、僕が貴様の執事《しつじ》になってその靴《くつ》にキスしてやろう」

要はそれほどまでに無謀《むぼう》なことなのだろうか。それとも……それだけ自分が見下されているのだろうか。

その結論には到《いた》らなかったが、この傍若無人《ぼうじゃくぶじん》な若者が（キスはやりすぎとしても）己《おのれ》の前に跪《ひざまず》く姿、というのは中々に甘美《かんび》なものがある。なんだかんだ言っても、伊織は耽美《たんび》系の容姿なのだ。

（お……お嬢様《じょうさま》とお呼び……？　くふふ）

ごっ！

「ったあぁぁぁあ……」

「ヨダレを垂らしてないでさっさと行け」

やっぱりこいつ嫌《きら》いだ。

涙目《なみだめ》をぐしぐし擦《こす》りながら、鈴蘭はリボルバー拳銃《けんじゆう》片手に車を降りた。そして……そのドアを閉める前に車内を覗《のぞ》き込む。

「まだ何かあるのか？」

眼鏡《めがね》を押し上げながら、いらだたしげな声を出す伊織。

「あのー……」

口元に手を当ててニヤニヤ笑いをしてみる鈴蘭。

「辱めるとかキスするとかぁ……ご主人様、ひょっとして私に気があるんじゃあ……？」

うっふん、と止《と》めのウィンク。

(どうだ、悩殺《のうさつ》！)

と思ったら。

伊織は眉《まゆ》をハの字に垂らして、目尻《めじり》は今までにないような角度で吊《つ》り上がらせていく。

「あ……あれ？」

「い・い・か、このクソバカ給仕《きゆうじ》がっ！　そういうことは胸と背中の見分けがつくようになってから言え！　そもそも貴様、そのエプロンはちゃんと正面についているのか!?　ああ!?」

「むぅっかあああああああああっ!!」

鈴蘭は思い切りドアを蹴《け》り飛ばして閉めてやった。

(充分膨《じゅうぶんふく》らんでるじゃないかぁっ！　あのメガネっ！　目ぇ悪すぎっ！)

肩《かた》をいからせ、地球を蹴っ飛ばすように歩く鈴蘭。俯《うつむ》けば、ムカつく胸元《むなもと》は……具体的な数値はともかく……やっぱりそれなりに膨らんでいる。

(ったく！　勇者だか何だか知らないけど、一発で仕留めてやるっ！)

と。怖《こわ》い事を考え始めている自分に気付き、鈴蘭はぶるぶると首を振《ふ》った。春先の山奥の、まとわり付くような霧《きり》の寒さも伴《ともな》って、頭の芯《しん》は急速にクールダウンする。

(だが勇者はいる――)

昔は、魔王もいた？　ひょっとしたら魔王もどこかに……？

馬鹿馬鹿しい話ではある。

(闇《やみ》の世界かぁ……正義のヒーロー、それこそ私が勇者だったら、楽しいんだろうけどなぁ……)

あの場に現れたのが伊織ではなくフェリオール司教であったらば。伊織のようなにやけ面《づら》で拉致《らち》同然に連れ去られるのではなく。フェリオール司教の、あの全《すべ》てを包み込むような優《やさ》しい笑顔《えがお》でエスコートされたなら、それは世界を救おうという気にもなるものだ。

しかし悲しいかな、今の鈴蘭の立場は悪の組織の一員。どう考えても名も無き戦闘《せんとう》員？　である。仕事内容もせこい。夢はでっかく世界征服《せいふく》(のせめてお手伝い)！　だったらまだ爽快《そうかい》だろうが、先回は単なる強盗《ごうとう》、今回は……？

(死なないのに撃《う》って来いって……何の意味があるんだろ)

よくわからないまま、鈴蘭は階段を登って行った。

③

「くそっ……急がないと！　夜が明けてしまう！」

少年は叫《さけ》んだ。霧が濃《こ》くてシルエット程度しか判別できないが、声の高低からして高校生ぐらいだろうと鈴蘭は判別する。

ビール腹でバーコード頭のサラリーマンとか、ツッカケ履《ば》きの主婦が勇者だったら、やっぱりなんか嫌《いや》な気がするし……階段に寝《ね》そべるようにして頭を出した鈴蘭は、そんな事を考えた。

「ふっ！　はぁっ！　……たぁーっ!!」

さてその少年、東の空が明るんで来る、白い闇の中で激しく動き回っていた。右へ左へステップし、かと思えば踏《ふ》み込み、手にした何かを振り、払《はら》う。剣《けん》か何かを構えた姿勢で、肩で大きく息をする。

いや、明るくなるにつれ見えてきたのだが、やはり剣のようだった。両刃《りょうば》の、まんまゲームかマンガに出てくるような洋風の武器である。

「俺は、今日こそレベル二十になるんだっ！」

ということは今レベル十九か。冒険《ぼうけん》も中盤《ちゅうばん》に入りまあまあ強め、でも中ボスを倒《たお》すにはやや心許《こころもと》ない……といったところか。

「うおおおおっ！」

気合も高らかに、シャドウボクシング……ならぬシャドウ剣術？　を繰《く》り返す少年。その運動能力は、霧に隠《かく》れたとびっきりのワイヤーアクションにしか見えない。しかも気を抜《ぬ》くと目が追いつかなくなるほど早い。

このとき鈴蘭は、伊織から受け取った携帯《けいたい》電話を初めて使用した。

「……あ、もしもしご主人様⁉」

《どうした？》

「バカです！　バカがいますっ……！」

《……》

「なんか、一人で叫びながらチャンバラゴッコ……！」

《だから。そのかわいそうな脳天でも後頭部でも股間《こかん》でも二、三発ぶち込んでやれ。急げよ》

切れた。せっかく報告したのに。

……でも『バカがいる』だけでは報告なのか何なのか。

自分の行動に疑問しつつ……しかしこのバカの存在をいち早く誰《だれ》かに伝えたかったのは確かとして……鈴蘭は両手で拳銃を構えた。

少年はちょこまかうろついて照準を合わせにくいが、

（一撃《いちげき》のぉ……ひぃっ殺ぅ……！）

全身全霊《ぜんれい》をかけて、鈴蘭は動きの止《や》んだ一瞬《いっしゅん》を狙《ねら》う。

ぱんっ!!

初めて放った弾丸《だんがん》はものすごい反動をもたらした。女子高生の鈴蘭が知る由《よし》もないが、それは拳銃《けんじゅう》のロールスロイスと呼ばれるコルト社製のパイソン・357マグナムである。そんなマグナム弾のショックは当然、女の子の腕《うで》で抑《おさ》え切れるようなものでもなく……鈴蘭の跳《は》ね上がった両手はそのまま後ろへ、腹這《はらば》いの階段から剝《は》がれるように体は海老《えび》反り、そして。

「あれっ？　うぉわっ！　きゃあああああっ!?」

階段を転がって行った。

ようやく転げ終わって、気を失うほどではなかったが、立ちくらみのようなひどい目眩《めまい》に苛《さいな》まれる。発砲《はっぽう》音による耳鳴りも、それを手伝っているのだろう。

「いったー……たた……」

まず転がっていた銃を拾った。場所は、先ほど通り過ぎた踊《おど》り場だ。十メートル四方の広さにレンガが敷《し》かれ、欄干《らんかん》に囲まれている。上ほど広くはないが、こちらも展望台と言えば展望台らしい。

「危ないっ!!」

少年の声は唐突《とうとつ》。振《ふ》り返る暇《ひま》もなく、鈴蘭の体には不自然に濃い、霧《きり》の流れがまとわりついていく。

「へ？　え？　あぐっ⁉」

霧が、鈴蘭の胴体《どうたい》を締《し》め上げてきた。

（なっ⁉）

そのまま体は浮《う》き上がる。霧に持ち上げられる。

「がっ……かはっ……！」

圧迫《あっぱく》がひどい。見えない壁《かべ》に四方八方から押し潰《つぶ》されるような感覚。息ができない。吐《は》いたら、次が吸えない。

（死ぬ？　わたしっ……）

薄《うす》ら寒い考えだが、揺《ゆ》らぐ意識に蘇《よみがえ》る、伊織の一言一言がそれを肯定《こうてい》している。魔喰《まく》らい魔に喰らわれる。ではこれが魔だ。

ピンチに陥《おちい》って真の力が解放される……そんなドラマも無いようだ。

世の中は甘くない。

それは鈴蘭が身をもって知っている、唯一《ゆいいつ》の哲学《てつがく》だった。

（あ……死ぬんだ……。悔《くや》し……）

意識が白濁《はくだく》しきる寸前。伊織の薄ら笑いが、霧の中に見えたようなときだった。

「その子を放せえええっ——！」

勇ましい、裂帛《れっぱく》の気合。山間から直射の陽光が差し込んだのはほぼ同時だったろうか。

（え……？）

鈴蘭は一瞬、純白の巨人《きょじん》をそこに見た。自分が、その巨人の手に握《にぎ》られている事を悟《さと》る。

直後に眼前を人影《ひとかげ》が、矢のように駆《か》け抜けた。彼が手にした、朝日を映す銀光がさんざめく。

夢か幻《まぼろし》かという時間であった。

巨人が霞《かす》み、消える。そして落下感。

あ、痛そう……と下がレンガだった事を思い出した鈴蘭だが、そんな衝撃《しょうげき》はなかった。少年の腕の中に落ちたからだ。

（……こ、これって……これこそ運命の出会い……⁉）

ふとそんな事を考えたりもした。

勇者様は悪の組織に囚《とら》われたか弱い少女を救ってくれるのだ。

（ち、ちょっとだけ気絶したふりとかしてみたりして……⁉）

とか考えたりもした。わずか一秒足らずの間で。

一息した少年が問うてくる。

「大丈夫《だいじょうぶ》かい？」

「え？　あの、はい、助けていただいて……」

そろそろと、恥《は》じらいを込《こ》めてそちらを見る鈴蘭。意志の強そうな少年の目と、目が合う。

「……吾川？」

「へ？」

「ひょっとして、一年の吾川鈴蘭じゃ……？」

「……せっ……せんぱいいいいいいっ!?」

④

鈴蘭の悲鳴じみた声は銃声並みに、よくよく、山に木霊《こだま》した。

少し前に夢の中で会っていた先輩《せんぱい》と、こんな形で出会おうとは。なーんか、どっかで聞いたことある声だとは思っていたけど。そう言えばこの人もバイクに乗ってたっけ、等々、今更《いまさら》になって思い出す鈴蘭。

「あ、あの、降ろして……ください」

「えっ？　あっ、ああ、ごめん……」

そうして互《たが》いに頬《ほお》を染め、即《つ》かず離《はな》れずの距離《きょり》をとった二人の間に、気まずい沈黙《ちんもく》が訪《おとず》れた。

少年の名は長谷部《はせべ》翔希《しょうき》。鈴蘭が通っていた高校の先輩である。

鈴蘭は陸上部に本籍《ほんせき》を置いていたが、運動神経がよいのであちこちの部活に借り出されていた。翔希は本来帰宅部なのだが、やはり運動神経がよいので大会などには借り出されていた。そういった縁《えん》で、幾度《いくど》か、課外の同じ時間を過ごした仲ではある。話をした程度で、手をつないだ事すらないが……鈴蘭は、密《ひそ》かに気になってもいたのだ。

伊織みたく病的な耽美《たんび》とは対極の、健康的な美少年。きりっと引き締まった眉《まゆ》、性格を表したような真《ま》っ直《す》ぐな鼻筋。引き込まれそうに深く、しかしその奥には優《やさ》しさの絶えない黒い瞳《ひとみ》。しかも運動神経抜群《ばつぐん》、遅刻《ちこく》早退の常習犯のくせに成績優秀《ゆうしゅう》という、教師陣《じん》も一目置く神秘性——鈴蘭の年頃《としごろ》で気にならない方がどうかしている。

(そんな先輩が……)

顔を覆《おお》って、がっくりと肩《かた》を落とした鈴蘭。

(バカだったなんて)

直後に気付く。

(いいいいやちょっと待った待った。この状況《じょうきょう》って私も充分《じゅうぶん》バカじゃないですか?)

朝っぱらの山の中で拳銃《けんじゅう》片手にメイド服。

すごい。すばらしい。否《いな》、スサマジイ。

どんな言い訳をすれば信じてもらえるか考えるより、どんな言い訳でも信じてくれる相手を探してきた方が手っ取り早い気がする。

しかし言い訳すべきは目の前の相手であって、あれやこれや。

（どーしよー。どーしよー……）

「あの……吾川？」

「うぇ!?　え？　ああ、はい、なんですか……？」

「……どうして君がこんなところに？」

「それは……先輩こそ、どうして？」

よし、引き分け。

「……それって、ピストル……か？」

「先輩のは……剣《けん》ですよね？」

相打ち。

「…………その格好は？」

「やだそんな、先輩こそ……っ!?」

やられたっ！

ここに到《いた》り普通《ふつう》の学生服ときやがった……！

彼は頭に鉢金《はちがね》のようなものを巻いてはいるが、その程度ではメイド装束《しょうぞく》のアイデンティティたるヘッドドレスと簡単に相殺《そうさい》できてしまう。メイド服フルセットほどのインパクトがない。

「えっと……そう、そんなことよりあの白い巨人は!?」

勝った！　もらった！

「さて……そんなの、いたか？」

完敗。

さわやかに朝日を眺《なが》める翔希目掛《めが》けて、鈴蘭は自棄《やけ》になった。

「いました！　私死にかけましたぁっ！　ってかあああもういやあああこんな世界ぃっ！　私死にますっ！」

「わっ！　馬鹿《ばか》っ！　おい！　わかったから落ち着け！」

（あれ？）

欄干《らんかん》から飛び降りるはずだった鈴蘭は、翔希に少し手首と肩を掴《つか》まれただけで……そのまま踊《おど》り場に降り立っていた。そうして気がつけば魔法《まほう》のように易々《やすやす》と、手の中の拳銃までが抜き取られていた。

そうだ。この少年はあの闇《やみ》の中、霧《きり》に溶《と》け込んだ霧の巨人と戦っていたのだ。しかも彼は今、この短時間で息を整えてしまっている。

今までの事を改めて加算していくなり、鈴蘭は感銘《かんめい》を覚えた。この少年は本当にとてつもないらしい、という事実に。

「……ふぅ。焦《あせ》らせないでくれよ。見てしまったものは仕方ないから教えるけど……これは、絶対に内緒《ないしょ》だぞ？」

「は、はい……」

「あれは〝魔物《モンスター》〟……ミストゴーレムっていう人形《ゴーレム》系のモンスターなんだ」

（うわぁ。せんぱい、バカっぽーい……）

半笑いの鈴蘭には気付かず。

彼は力強く拳《こぶし》を握《にぎ》り、厳粛《げんしゆく》な面持《おも》ちで朝日へ向かった。

「そして俺は、そうした魔物から人類を守り、魔王を打ち倒《たお》す使命を帯びた——選ばれし勇者なんだ」

⑤

「あーあ。とうとうばらしちゃいましたねー」

咎《とが》める中にも楽しげな響《ひび》きを含《ふく》んだ女の声が、頭上から聞こえてきた。声の主は弾《はず》む足取りで、展望台の方から降りてくる。

（え？　……あれって確か……）

見覚えがあった。清楚《せいそ》な青の衣装に、白いライン。ナース帽《ぼう》を改造したような帽子には白い十字。神殿《しんでん》協会シスターだ。

鈴蘭も、駅前などの人通りの激しい場所で、彼女らが布教している姿を見かけたことがある。

ただし。目の前の彼女の履物《はきもの》は洒落《しゃれ》っ気《け》のない、質実剛健《ごうけん》、といった様相のブーツであり、腰《こし》のベルトには大柄《おおがら》な銃《じゅう》を挿《さ》しているが。

「クラリカ……」

とん、と踊り場に降りた彼女に、翔希は呼びかける。

二十歳《はたち》か、もっと若いか。まだ美人よりも、可愛《かわい》い、といった形容の似合う女性だった。外撥《は》ねの髪《かみ》が、くりっとした目とあいまって、活発そうな印象を受ける。

「だめっすよー、翔希さん。こちらの不用意な発言は、こちら以上に、それを聞いた人の方に害があります。巻き込んじゃいます」

クラリカは手にした銀の小杖《こづえ》を、困り顔の頰《ほお》にあてる。が、次には、

「知り合いみたいだから仕方ないっすけど……どちらさんですか？」

彼女は翔希に聞きながら、鈴蘭へは弾《はじ》けるような笑顔《えがお》を見せた。誰《だれ》だって心を開いてしまいそうな、ひまわりみたく元気な笑顔だ。

「この子は……吾川鈴蘭。俺の学校の後輩《こうはい》だ」

「へぇー。かぁわいいっすねー。翔希さんのコレっすか？」

と彼女の小指が立つ。

「ばっ、ばか。そんなんじゃない。ただの先輩後輩の……だな……」

な？　と気さくな笑顔を向けられた鈴蘭は、あいまいに頷《うなず》いた。

正直なところ、それまで彼に抱《いだ》いていた想《おも》いは減少傾向《けいこう》にある。対して新たに芽生えたバカ

むふふ…

という概念《がいねん》がそれを上回っており、お近付きになりたくない類《たぐい》に思えて仕方ない。

「まーまー、汝嘘《なんじうそ》をつくなかれ、ですが……ここはこのシスター・クラリカが大目に見ましょう」

「あ。やっぱりシスターなんですか……？」

尋《たず》ねる鈴蘭に、翔希が答える。

「ああ、彼女は神殿協会のシスター・クラリカ。えっと……どう説明すればいいんだ？」

「まあ、あれっすよ。勇者様のお供ってやつっす。ところで翔希さん。この子、なんでメードの格好なんてしてるんですか？」

（やばっ）

言い訳を考える以前に、今度は伊織の顔が頭に浮《う》かんだ。

そもそも仕事は成功したのか失敗したのか。いや、今のこの状況《じょうきょう》は……悪の組織の一員として、勇者とそのお供に見つかってしまったというのは絶体絶命ではなかろうか。

考える。

「そ、そういうクラリカさんこそ、その格好……」

「シスターですから」

「そのピストル……」

「シスターですから」

「うわっ、UFOが！」

「シスターですから」

完敗。この人はちょっと次元が違《ちが》う。

気転。

「そうだ先輩！　レベルってなんのことですかっ⁉」

「うっ⁉　いや、それは……」

クラリカには敵《かな》わない。でも翔希となら五分。

「結局、レベルって上がったんですかっ⁉」

んなことは鈴蘭にはホントにどうでもよかったのだが、意外なほど威力《いりょく》は絶大だった。

彼ははっと我へ返り、クラリカへ振《ふ》り返る。

「そうだクラリカ！　俺のレベルは⁉」

「あー。ダメっす。ミストゴーレムは朝日を浴びて消えましたから。翔希さんの経験値にはなってないですね」

「そんな⁉」

「でも、よかったじゃないっすか。こうして聖なる巫女《みこ》とは会えたわけですから」

意味不明な単語が鈴蘭の耳朶《じだ》を打つ。

⑥

「実は……これは極秘裏《ごくひり》の話なんですけど」

と前置きするクラリカ。

「あなたには、聖なる巫女……すなわち聖女様になれる資質があるんです」

勇者の次は聖女ですか。ああそうですか。

しかし鈴蘭は困った。翔希はともかく、この人はホンモノの宗教関係だ。うかつにバカなんて言ったら予測不能な事態に陥《おちい》りかねない。祈《いの》り始めるとか呪《のろ》い始めるとか呼び出し始めるとか。

「ハァ……そうですか？」

「テレビ、見なかったっすか？　フェリオール司教が何度か呼びかけてたんですけど」

ということはあの放送、本当に自分の事を言っていたのだろうか？

フェリオールの静かな微笑《びしょう》を思い浮かべながら、鈴蘭は首を傾《かし》げる。

「テレビは……見ましたけど……」

「ま、信じられないのも無理ないですね。鈴蘭さんは……韻《いん》を踏《ふ》んでますね……鈴蘭さんは第一世界、って言ってもわかりませんね。表の世界で暮らしている人ですから」

伊織と同じようなことを。

正確には、すでに表の世界のそれではないのだが。

「鈴蘭さんが鈴蘭さんであることを神殿《しんでん》協会が突《つ》き止めたのは、ほんの数日前のことなんですね。ところが、家を訪ねてみると引《ひ》っ越《こ》した後でした。学校に聞いたら転校したってことでしたし……」

「でも吾川のことは、学校で噂《うわさ》になっているんだ。深夜のアパートにヤクザと喧騒《けんそう》だろ。現場へ向かったパトカーは途中《とちゅう》で、不審《ふしん》な高級外車に衝突《しょうとつ》されていて……」

（やばっ）

「警察が駆《か》けつけたときには部屋はもぬけの殻《から》。住んでいたはずの吾川が行方《ゆくえ》不明。フェリオール司教の呼びかけを見計らったような事件だけに、俺は勇者として真相の究明に乗り出したんだ……けどな」

「レベルが足りなかったっすね」

クラリカの声に、翔希が打ちひしがれる。

「あの。よくわかんないんですけど。レベルって……？」

「鈴蘭さん、テレビゲームやったことあるっすか？」

闇《やみ》の世界の人間には、もうそれが一番例えやすいのだろう。ゆえに、バカっぽく見えてしまう弊害《へいがい》もある。と鈴蘭は結論。

「レベルが低いうちに難しいミッションとか受けるのは危ないっすよね。このたび神殿協会から派遣《はけん》された私は、今回のミッションはせめてレベル二十は欲しいな、と判断したわけです」

(でも……それってつまり、先輩は私のためにあんな化け物と?)

妙《みょう》に筋が通るような通らぬような。しかもその判断基準はどこから来るものなのか。

ばつの悪そうな顔をする翔希と、鈴蘭は目を合わせた。彼はなお居心地《いごこち》悪そうに横を向く。

「あ。ところでレベルってどうやって見分けるんですか?」

「現代は便利っすよ。昔は神殿まで行って神託《しんたく》を受けなきゃならなかったんですけど」

クラリカがポケベルのようなものを取り出した。

「マジカライズ・インジケータ。神殿協会の持つ魔導《まどう》工学技術の結晶《けっしょう》です。魔導力の正負はもちろん、これまでの魔導カウンターと違ってその対象が導くことができる総合的な魔力量、内包魔力量、魔力波形、なんとなんと……」

クラリカの目が、宗教系のぐるぐるしたそれに変貌《へんぼう》していく。数分ほど唾《つば》を飛ばしながら自《じ》慢《まん》げに説明し続け、

「……とまあこれらは全《すべ》て主のなせるわざっすよ!　鈴蘭さんもぜひマリア教にご入信をっ!」

「いえ、あの……」

「主は、いるっす!!」

いたらなぜ一介《いっかい》の女子高生に二十億もの借金を与《あた》えたもうた。

翔希も腐《くさ》るほど聞いたのだろう、げっそりした顔で欄干《らんかん》にもたれかかっている。

（うぅ……）

辺りはすっかり明るくなっていた。レベルの事を聞いたのも時間を稼《かせ》ぐためだったが、このまま入信の説明を聞き続けるのもアレだし。しかし、なぜ伊織は助けに来てくれないのか。

「鈴蘭さん信じてないっすね？　じゃあまずこうやって翔希さんの方へ向けて」

と、クラリカはマジカライズ・インジケータなるものを手に、彼へ向いた。綺麗《きれい》な液晶《えきしょう》画面には（ファンタジーのくせにカラーだ）ＥＸＰのこまごました数字の後に、ＬＶ《レベル》19。

「へぇ……」

意訳。よくわからん。

「次にこう、モードを変更《へんこう》して鈴蘭さんへ向けると……」

マイナス、1。

「レベル1ってことですか？」

「違《ちが》います。鈴蘭さんは負位置の魔力を保有しています。未確認《かくにん》情報ではなく、聖なる巫女《みこ》として正式に認定されました」

4

喘《あえ》げ。

①

「へ？」

「さあ、一緒《いっしょ》に神殿《しんでん》へ赴《おもむ》き、洗礼を受けましょう！」

やばい。クラリカの目がものすごい勢いでぐるぐるし始めている。

「で、でも私ですね……巫女って何すればいいかわかんないし……」

「なに言ってんすか⁉　全知全能全く万能なる我らが主をお呼びした暁《あかつき》には、聖なる魔神《まじん》様も召喚《しょうかん》するっす！　魔物《まもの》や悪党どもをバンバン天に召《め》させるっすよ！　さあさあさあさあ！　神《しん》威《い》による魂《たましい》の浄化《じょうか》で永劫《えいごう》の愛と平和を！」

（うわっ。やばっ。こわっ）

「もうよせ、クラリカ！」

おろおろ後退《あとじさ》る鈴蘭の前に、翔希が割って入った。

「先輩《せんぱい》、あの……今の話って……」

「そうだな。バカと思ってくれてもいいさ。でも全《すべ》て本当のことなんだ。そして俺は……君をそんな危険な目に遭《あ》わせたくない」

「……危険な、目……？」

「君はまだ覚醒《かくせい》していない。だが洗礼を受けて覚醒しても、聖なる巫女になれなければ君は魔王に……」

あっ、と悔《く》やむように息を呑《の》んだのは翔希。驚《おどろ》きの表情で口を押さえたのはクラリカ。

（いや。まあ。なんか、あの……そういう設定ですか私ってぐらいにしか思わないのですが……どーしよー。私もびっくりした方がいいのかなぁ……）

少しして、彼は自嘲《じちょう》するように笑った。

「……いや、みんな冗談《じょうだん》さ。つまらないだろ？　できれば忘れてくれ」

不思議なものだ。そう言われると、急に真実味が溢《あふ》れ出してくる。彼の真摯《しんし》な、黒い瞳《ひとみ》がそう思わせるのか。

「そんな！　翔希さん、ここまで来て！」

「いいかクラリカ！　今は君が言うような太古じゃない！　モンスターだってレベル上げに苦労するほど少ない！　こんなか弱い子に世界を託《たく》す必要がどこにある!?　まだ魔王は現れてないんだろ!?　他《ほか》に方法があるはずだ！」

「でもこうしてる間にも魔王の勢力は力を蓄《たくわ》えてるっす！　一刻でも早く主をお呼びしないことには、世界は破滅《はめつ》へ向かう一方っすよ！」

（へーえ……そうなんですかぁ……わぁい。逃《に》げてもいいのかなぁ）

真剣《しんけん》な眼差《まなざ》しで檄《げき》を飛ばし合う二人の傍《かたわ》ら、鈴蘭は手持ち無沙汰《ぶさた》に羽ばたく小鳥を眺《なが》める。

素敵《すてき》な囀《さえず》りだった。

「世界の、数十億人の幸せがかかってるっすよ！」

ぱん、と乾《かわ》いた音がする。驚いた鈴蘭が振《ふ》り向くと、翔希が、クラリカの頰《ほお》を叩《たた》いた音だった。

「翔希さん……？」

「……すまない。でもたった一人でも、誰《だれ》かが犠牲《ぎせい》になるようなやり方……俺は間違《まちが》ってると思うんだ」

「くくっ、そうか」

伊織の声は唐突《とうとつ》だった。

②

欄干《らんかん》の外。崖《がけ》を覆《おお》った繁《しげ》みから飛び上がってきた伊織は空中で木の葉を振り払《はら》い、鈴蘭の傍らに着地する。

瞬間《しゅんかん》、翔希が剣を構えた。その表情は、学校では決して見せることの無い激しい敵意だ。

「伊織っ！　貴様なぜこんなところに⁉」

「久しぶりだなクソガキ。レベルは上がったか？　んん〜？」

「黙《だま》れっ……いや、なぜそれを知っている……？」

なぜだと？　そう聞き返しながら、伊織は鈴蘭のカフスの止め具を外し……そして自分の耳にはめた補聴器《ほちょうき》のようなものを取り外す。

盗聴《とうちょう》していたらしい。

「よくやった鈴蘭。レベル上げは阻止《そし》できたようだな」

「え？　あ。はい……」

頷《うなず》く鈴蘭。そんなやり取りに、翔希の目はこれ以上ないところまで見開かれている。

「そんな……まさか！　吾川！　君はそいつが何者か知っているのか!?」

「はい……えと。私、借金があって……この人のところで働いて……」

伊織が、ぐわしと鈴蘭の頭を摑《つか》んだ。

「ご主人様、ではないのか？　鈴蘭」

「うぅ……」

そんなオカシナ物言い、せめて人前でだけは使いたくなかったが、伊織の五指は容赦《ようしゃ》なく、ぐいぐいと頭に食い込んでくる。

「いたたたたたっ!?　はいご主人様ぁ！」

「くくっ。いい子だ、鈴蘭」

それで満足したのか、次には頭をぽんと撫《な》でられた。鈴蘭は痛みに屈《くっ》した自分に、ちょっぴり罪悪感。

「ご主人様……って……」

愕然《がくぜん》と呟《つぶや》く勇者へ、豪然《ごうぜん》と答えたのは伊織。

「語感のまま思え、クソガキ。僕と鈴蘭はそういう関係になったのだ」

（うっわ。やな言い方だなぁ……）

「つまり、だ」

「ひやっ⁉」

伊織の腕《うで》が鈴蘭を抱《だ》き寄せるように回り込み、その手はエプロンの下に潜《もぐ》り込む。わけが分からぬまま、鈴蘭は摑まれた乳房《ちぶさ》の奥を跳《は》ね上がらせた。

「あ、あの⁉　あの⁉　あの⁉」

「ほう？　意外とあるじゃないか。着痩《きや》せするのだな。前の発言は撤回《てっかい》してやる」

耳まで顔を赤くした翔希には届かぬように、伊織が囁《ささや》きかけてくる。声にも置かれた手指にも、いやらしさが感じられないので嫌悪《けんお》感はなかったが……驚きと恥《は》ずかしさはいかんともしがたい。

「ご、ごしゅじんさま……？」

「喘《あえ》げ」

「は⁉」

小さく呟く、横にある伊織の顔は、にやけてはいたが普段《ふだん》とはどこか違う。それに勘付《かん》いた鈴蘭は、彼の視線の先を追った。

クラリカもまた、赤い顔をして呆然《ぼうぜん》とつっ立っているだけだが……。

「どうした勇者様。羨《うらや》ましいのか？　んん～？」

「だっ！　黙れ！　貴っ様ぁ……貴様だけは！」

「あの……」

猛《たけ》り演説する翔希の声をよそに、鈴蘭も声を潜《ひそ》める。

「いま厄介《やっかい》なのはレベルの足らんクソガキではない。あのシスターだ。協会はともかく……異《い》端審問会《たんしんもん》が出張ってきてたとは計算外だ」

「異端……？」

「そうだ。しかも第二部……ただのシスターじゃない。あんなすっとぼけたツラはしてるが、超《ちよう》一級の殺し屋だ」

「ハァ……」

「だから喘げ」

その論理の飛躍《ひやく》は、鈴蘭の思考では到達《とうたつ》できぬ域。ともあれ喘いでみる。

「ああん、ごしゅじんさまぁ……！」

「わかった。もういい。興ざめした」

(むぅっかあああああああああああっ!!)

こんなか弱く可愛《かわい》らしく甲斐甲斐《かいがい》しく可憐《かれん》なメイドが儚《はかな》くもいじらしく抵抗《ていこう》するが如《ごと》きニュアンスで喘いだ感想がそれか?

ともあれ囁き合う二人の姿は、しかし羞恥心《しゅうちしん》が抜《ぬ》け切らない鈴蘭の姿もあいまって、そのようにしか見えなかっただろう。翔希の方は、怒髪《どはつ》天突《つ》くような形相。クラリカは……彼よりは年長だけにまだ免疫《めんえき》があるか。顔を覆《おお》った指の隙間《すきま》から、こっそりこちらを覗《のぞ》いていた。

「うっはぁ……翔希さん。あの激しい人、誰《だれ》っすか?」

「伊織魔殺商会《いおりまさつしょうかい》……悪の組織のボスだ!」

「へぇ……?」

クラリカの頷き。その声の余韻《よいん》が消えると同時、彼女の目に、薄氷《はくひょう》のような輝《かがや》きが灯《とも》り始める。

「ってことはぁ……悪人っすね?」

「くくっ、その通りだ。初めまして、シスター?」

「ご丁寧《ていねい》にどうも。ですが、私は悪党に挨拶《あいさつ》する言葉は一つしか持ってないっすよ」

一瞬《いっしゅん》だった。小杖《こづえ》を腰《こし》の後ろに差したかと思うと拳銃《けんじゅう》を引き抜き、その木製ホルスターと組み合わせてライフルのように肩《かた》に構える。

「天に召《め》しませ」

③

ぱんっ!!

有無もない。伊織がクラリカの挨拶と同時に体を引いてくれなければ、「ぴゅん」という弾《だん》丸《がん》の飛翔《ひしょう》音を聞くことすらなかっただろう。

はらりと落ちる数本の髪《かみ》を目で追いながら、鈴蘭は思う。「天に召しませ」というのは、言葉の使い方が間違《まちが》っているような。

「くくっ。そんな時代遅《おく》れのモーゼルでこの僕を倒《たお》せるとでも思ったか？　それ以前にだ。貴様は僕の手の内にある者が何なのか、理解しているのか？　ああん？」

「吾川！」

翔希が怒《いか》りと焦燥《しょうそう》の狭間《はざま》で叫《さけ》ぶ。

が、シスターは負けない。

「聖なる巫女《みこ》には主の御《ご》加護が超あるっすよ！　平気っす！」

ぱんっ!!

モーゼルと呼ぶらしい、大柄《おおがら》だが口の細い拳銃が容赦《ようしゃ》ない烈火《れつか》を吐《は》く。

「このっ……聞いてはいたが噂《うわさ》以上のイカレだな！　聖言の一言目に曰《いわ》く、汝《なんじ》殺すことなかれではなかったか⁉」

さすがの伊織にさえ焦《あせ》りの声。

ただ、変わらず私が彼の前に立っているのはなぜだろう？　という鈴蘭の疑問。

「甘いっすね。その言葉には続きがあるんです」

「……なんだと？」

「汝、殺すことなかれ……でも悪い奴《やつ》は殺《や》ってもオッケェ‼」

ぱんっ！

「そんなわけがあるかっ！」

ぱんぱんっ！

（……私って……ひょっとして盾《たて》？）

避《よ》けてくれているからいいものの。

「やめろクラリカ！　何を考えているんだっ⁉」

いよいよ見ていられなくなったのか、翔希がクラリカを止めに入った。

「放してください！　平気っすよ！　マジで五十メートル先のコインを撃《う》てるっす！」

「相手は動いてる人間だ！　やめろっ！」

組みつ解《ほぐ》れつし、しまいにはクラリカの銃を投げ捨てる翔希。そんな二人をよそにした伊織はチャンスとばかり、鈴蘭を抱《だ》いたまま駆《か》け出していた。

「バカが。やっていろ」

悪の組織らしい、見事すぎる捨て台詞《ぜりふ》を彼の手中で聞いた鈴蘭だが、それに気付いた翔希が桁外《けたはず》れの跳躍《ちようやく》力で二人の頭上を飛び越《こ》える。体をひねり、着地したときには一本しかない階段の前に対峙《たいじ》していた。

「くっ⁉」

呻《うめ》き、仰《の》け反る伊織。

翔希の手にした剣《けん》が、伊織の喉元《のどもと》に突《つ》きつけられたのだ。それが修練というものなのだろう、切っ先には微塵《みじん》の震《ふる》えもない。本当に人の手で保持されているのかと思わせる。

静かな怒りのこもる翔希の瞳《ひとみ》は、今浴びる朝日のように真《ま》っ直《す》ぐに、伊織の目を射抜いていた。

「吾川を放せ」

「どこを狙《ねら》っているクソガキ。現代の勇者様は人殺しもするのか？」

「無駄《むだ》だ伊織。俺にできないと思うなら、なぜ立ち止まったんだ」

「できるならなぜやらん」

「……」

「……」

快い山の朝などそこにはない。焦《こ》げ付くような緊迫《きんぱく》する空気に、鈴蘭は身をすくませるしかなかった。

二人とも疑いきれず信じきれていない。だが些細《ささい》な拍子《ひようし》に、それは現実になりうるのだ。

「……借金ぐらいなら俺が肩代《かたが》わりしてもいい。吾川を自由にしてくれ」

「くくっ。聖女を金で買うか？」

「黙《だま》れ！　二度と下らないことを言うな！」

鋭利《えいり》な切っ先は工作機械か何かのように、精密に、皮一枚ほど伊織の喉を突いた。

「……貴様は勇者ではない。勇者に憧《あこが》れるだけの愚者《ぐしや》だな」

「っ……！」

翔希の黒い双眸《そうぼう》が、苦しむように細められる。手の内の鈴蘭をさらに抱き寄せ、伊織は笑った。

「どうした。見ろ。僕は悪だ。悪を打ち倒《たお》すのが勇者だ。さあ喉笛か？　頸動脈《けいどうみやく》か？　延髄《えんずい》まで貫《つらぬ》くか？」

揺《ゆ》らいだ翔希の目は、瞬《まばた》きの後に一切《いつさい》の迷いを振《ふ》り切っている。

「先輩《せんぱい》っ……！」

鈴蘭の声など聞くまでもなかったのか――翔希はゆっくりと剣を降ろした。

「違う。諦《あきら》めないのが勇者だっ！」

引いた剣を瞬時《しゆんじ》に握《にぎ》り替《か》える翔希。見せたのは刃《は》ではなく、その腹。切らずとも鋼鉄の質量だ、ただでは済まない。

「だから！」

発声と同時、伊織も動く。

鈴蘭のスカートを盛大に捲《まく》り上げる。

「「なっ……!?」」

若い二人は湯気の出そうな勢いで頬《ほお》を染めた。自然、目を奪《うば》われた翔希の顔面に、伊織が蹴《け》り一発。

「ぎゃははは！　だから愚者というのだクソガキ！」

再び鈴蘭を抱《かか》えた伊織は、倒れた翔希の体を踏《ふ》みにじり、逃走《とうそう》。哄笑《こうしょう》。

「お……鬼《おに》ぃーっ!!　悪魔《あくま》ぁーっ!!　人でなしーっ!!　ろくでなしーっ!!」

羞恥《しゅうち》の底から這《は》い上がってきた鈴蘭は、力の限り叫《さけ》んでいた。

「はっはっは、いいぞ鈴蘭。主を褒《ほ》め称《たた》えるのは従者の務めだ！」

「外道《げどう》ーっ！　外道ーっ！　きぃぃぃぃぃぃっ!!」

「はっはっは！」

「ばーか！　ばーかーぁっ!!」

ごつんがつん！

「ぐすっ……ぐすん」

「黙って車に乗れ！　このクソバカ給仕《きゅうじ》が！」

④

「いぃおぉりぃたぁかぁせえええええっ!!」

いくら勇者たる翔希と言えど、聖人君子ではない。我慢《がまん》には限度があった。いたいけな少女を人質に取り、辱《はずかし》めるようにした挙句の逃走など。

「翔希さん、鼻血出てるっすよ？」

「蹴られたせいだっ!!」

クラリカの指摘《してき》に、必要以上にムキになった翔希は袖《そで》で鼻を拭《ぬぐ》いつつ、剣を拾い上げた。

「今までどこに行ってたんだクラリカ！」

「ひどいです！　翔希さんが私のモーゼル捨てたんじゃないっすか」

そんな彼女は木製ホルスターと拳銃《けんじゅう》をベルトに戻《もど》してから、帽子《ぼうし》の上や肩の辺りに乗せた蜘《く》蛛《も》の巣、木の葉を払《はら》いのける。

「拾ってきたっすよ」

「とにかく追うぞ！」

遊歩道の階段を猛然《もうぜん》と駆け下りていく。

駐車場《ちゅうしゃ》まで降りてくると、伊織たちはまさに車に乗り込もうかというところだ。

「すっごい速そうな車っすね。ゴキブリみたいな」

「ディアブロ!?　あの成金め！」

ふぁがんっ!!

鼓膜《こまく》のおかしくなりそうな音を立て、伊織の車がスタートを切った。V型十二気筒《きとう》五七〇〇ccという日本の乗用車では考えられない大型エンジン、最高速度は時速三〇〇km以上に達しながらも、腕次第《うでしだい》では慣性を無視したような旋回《せんかい》挙動を見せるバケモノだ。

対する翔希のバイクは、CBR400F――二十年も前に発売された旧車である。が、当時最速を誇《ほこ》ったREVエンジンは吸気をバンディット用ケイヒン二十八φFCRに換装《かんそう》、排気《はいき》は無論、定石に則《のっと》りダイシン製マフラーの芯《しん》を抜《ぬ》いてある。

最高速こそ時速一六〇kmにも満たないが――舞台《ぶたい》は狭《せま》い下りの峠道《とうげ》、絶対的な出力差は問題にならない。小回りが利《き》くバイクの方が有利なのだ。いざ、十六インチホイールの回頭性を見せるとき。

「乗れクラリカ！」

「のれくらりか……って、なんか呪文《じゅもん》みたいっすね……」

おんっ!!

軽やかな音で鋼鉄の愛馬が目を覚ます。

⑤

「あ。追ってきましたよご主人様……」

「くくっ、たかが四百マルチの単車に遅《おく》れなど取るか」

しかし道は狭い。車線をはみ出して走っているのは鈴蘭にもわかる。それでも伊織の運転に容赦《ようしゃ》はない。鈴蘭の胸のうちには、嫌《いや》な予感が湧《わ》き上がってきていた。

「た……対向車とか来たら衝突《しょうとつ》します……よね?」

「嫌なら祈《いの》れ」

(わぁい)

自棄《やけ》になった鈴蘭がげっそりとした笑顔《えがお》でミラーを覗《のぞ》くと、右に左に倒れながら、翔希のバイクが迫《せま》ってくるところだ。

「追いつかれますよ!」

「わかっている!」

鈴蘭の記憶《きおく》では、こっちは来たときの道ではない。さらに道は細まり一車線。片や絶壁《ぜっぺき》、片や崖《がけ》。思うようにスピードを出せない苛立《いらだ》ちが、伊織の声には含《ふく》まれている。

「くそ、予想外の事態だ」

「伊織ぃ！　許さんっ!!」

片手運転で剣《けん》を振《ふ》りかざした翔希がミラーに映り、声までも届くほどに接近。

「ちっ、クソガキが。運転技術は褒《ほ》めてやる」

「先輩《せんぱい》……なんか暴走族みたい……」

「ふははっ、いいぞ鈴蘭！　その手の人間には人気のあるバイクだしなぁ」

ノーヘル、鉢巻《はちまき》（鉢金）、後ろにクラリカの二人乗り。あれが木刀ならかなりの線だ。

「でもあの剣って……この状況《じようきよう》でどうなんですか？」

「まだ闇《やみ》の世界がわからんのか？　こんな世俗《せぞく》のアルミボディなど真っ二つにされるぞ。いや、あのクソガキのレベルならエンジンごとだろうな！」

言うが早いか、ここぞとばかりに伊織が車速を上げた。下りの一直線。先の見えない急カーブが迫ってくる。スピードを上げ続けていた伊織だが、振り切れない。

甲高《かんだか》いバイクの排気音と共に、翔希の姿が迫り来る。

「終わりだ伊織っ！」

「ほざけ」

カーブの寸前、伊織は急ブレーキで一気に停車。

車の後ろで、がしゃんっ！　という音と衝撃《しようげき》。

ミサイルのような勢いで車を飛び越《こ》えた翔希とクラリカはガードレールの向こう、森林地帯の奥底へと消えていった。

「いいやあああああっ!?　せえんぱ――いっ！」

「くくっ、馬鹿《ばか》が。交通弱者という意識がなかったようだな」

あまりにも味気ない幕切れ。鈴蘭の悲鳴を引きずり、車は走り始めていた。

「うう……ご主人様は非道《ひど》い人です。本当によくわかりました……。でも先輩たちって……」

「死んではいまい」

「あ。やっぱり……」

なんとなくだったが予想が当たり、鈴蘭は胸を撫《な》で下ろす。

「だが勘違《かんちが》いするなよ鈴蘭。闇の世界の住人とて、死に難《にく》いだけで不死ではない」

「……え？　と？　じゃあ死んでたら？」

「君は泣け。僕は笑う」

鈴蘭は彼のにやけ面《づら》を見ながら、本当にどうしようもない人だと思った。

「だが……なぜ向こうへ行かなかった」

「へ？」

「なぜあのクソガキについていかなかった？　いくらでもチャンスはあったはずだ」

「だ、だって……急に巫女《みこ》とか言われたって……。それに借金は返さなくちゃいけないし……」

「まだ世俗の方が常識か。君の中では」

「魔王《まおう》とか聖女とか……私に世界の命運がかかってるなんて言われても……バカみたいじゃないですか」

冗談《じょうだん》めかして笑う鈴蘭に、伊織も笑った。

「くくっ、そうとも。いい子だ、鈴蘭」

眼鏡《めがね》を押し上げた伊織。吊《つ》るようにもたげた口の端《はし》はいつものこととして、その目はどのような色をしていたのか。

レンズに朝日が反射して、鈴蘭は垣間見《かいまみ》ることができなかった。

⑥

「うー……翔希さん、生きてるっすか……？」

高い枝に、飛ばされた洗濯物《せんたく》みたく引っかかったクラリカの声。

翔希は痛覚で痺《しび》れる手足を繰《く》って、ようよう繁《しげ》みの中から体を起こした。

「死んでたまるか……あいつを倒《たお》すまでは！」

「そうっすね」

木漏《こも》れ日する枝葉が揺《ゆ》れたかと思うと、僧服《そうふく》の長いスカートを押さえたクラリカが降ってくる。軽業師《かるわざし》のような身のこなしだ。

「まずは命があって主に感謝っと……でもこれからどうしましょうねぇ。鈴蘭さんは、どうやら向こうに協力してるっぽいですよ」

「違う。あの子は……伊織に踊《おど》らされているだけだ。でなければ、どうしてあんな奴《やっ》に……！」

伊織貴瀬。それは悪の権化《ごんげ》であった。

翔希が勇者として出向く先々、尽《ことごと》く邪魔《じやま》をしに現れる。奴が魔王と言われれば翔希は微塵《みじん》の驚《おどろ》きもなく、全《すべ》てを捨てて奴を倒しに旅立つだろう。

あるときは魔物への最後の止《とど》め（経験値）を奴に奪《うば》われ。ギャングを退治しに行ったらその場の全員（翔希ごと）が奴に倒され。立てこもり強盗《ごうとう》の現場に向かえば、翔希が強盗と戦っている間に人質は奴に解放され。

先日は覚醒剤《かくせいざい》の取引を止《や》めさせるために埠頭《ふとう》へ向かったが、なぜかそこでは警察の検問が敷《し》かれ、翔希は警察官に厳重に怒《おこ》られて帰ってきた。

スピード違反《いはん》で。

奴の罠《わな》に違いない――。

「伊織……許すまじ！」

翔希が瞳《ひとみ》を燃やし、拳《こぶし》を握《にぎ》り締《し》めたときだった。

気の抜《ぬ》ける電子音が森の静寂《せいじやく》を打ち破る。

「あー、ちょっとごめんなさい。電話っす……あー、はい、クラリカっすぅ………はぁ。はぁ」

（……もう少し真面目《まじめ》なシスターはいなかったのか……？）

と翔希は思う。仮にも現代の勇者なのだから、せっかくの決意が『犬のおまわりさん』の着メロで打ち砕《くだ》かれるのは遺憾《いかん》と言えば遺憾。

以前はシスターなど付いていなかったのだが、神の降臨を目前にして大神殿《しんでん》から派遣《はけん》されてきたのが彼女である。

並のシスターでないことだけは、その運動神経と武装からして確かだ。だが、彼女が銃《じゆう》の扱《あつか》いなどをどこで身につけたかは翔希は聞かされていなかった。勇者の供だから、と、その程度だ。

「はぁ……はぁ……そうなんすぅ……」

前髪《まえがみ》の枝毛をチェックしながら生返事を繰り返すクラリカ。

「あぁ、そりゃあもう。超《ちよう》オッケーっすよ、司教様」

立ち上がろうとした翔希は苔《こけ》に足を滑《すべ》らせ、木の幹に頭をぶつけた。彼女がケラケラと笑いながら話している相手が司教という事実に。

神殿協会と呼ばれる組織は『預言者』を頂点として、四名の枢機卿《すうききよう》、十六名の司教、八十二名の司祭……というピラミッド型の人事を敷いているが、司教ともなれば、裏では国家元首にも通じるほどの権力と聞く。

それぞれが協会の私設軍とも呼べる聖騎士《きし》団を率いて世界各国に散らばり、伊織のような悪の組織、あるいはモンスターどもと日夜の火花を散らしている。神の降臨を知らしめるために世間一般《いっぱん》に見せている様子など、氷山のまさに一角なのだ。

「はぁ、そうなんすよぉ。確かに聖なる巫女《みこ》でしたぁ……ええ、それでは後でインジケータのログ送るっすよ。はい、司教様に主の御《ご》加護を……っと」

携帯《けいたい》を切るクラリカ。

にぱっ、と弾《はじ》けるような笑顔《えがお》で振《ふ》り返る。

「そういうわけっす翔希さん」

「どういうわけだよ⁉ それよりいいのか、司教様にそんな口の聞き方で！」

「主は平等っす。口の聞き方で御加護は無くなんないっすよぉ」

とケラケラ笑うクラリカ。

真面目なシスターはともかく、真面目に努力する姿勢ぐらいは見せて欲しい。

嘆息《たんそく》がてら翔希は聞いた。

「……で、どういう話だったんだ？」

「実は枢機卿のうちお一人が、主の降臨に立ち会うため日本にやってきたっすよ。でまぁ、あれっす。聖戦てヤツっすか？」

ぴっ、とクラリカは人差し指を立てた。

「東京に駐留《ちゆうりゆう》しているフェリオール司教旗下、第十一聖騎士団を以《もつ》て、聖なる巫女を悪の組織から奪還《だつかん》するっすよ」

⑦

数百の信徒が集まり、粛々《しゆくしゆく》たる聖堂。ドーム状の空間は最頂部の天蓋《てんがい》にステンドグラスがあしらわれ、陽光と共に、おぼろげながらゲートの様子も垣間見《かいまみ》える。

壇上《だんじよう》、協会の歴史を描《えが》いた壁画《へきが》を背に、真紅《しんく》の法衣を纏《まと》った長軀《ちようく》の老人は、蓄《たくわ》えた白髭《しらひげ》の隙《すき》間《ま》から厳《おごそ》かに言葉を吐《は》く。現在の枢機卿の中では最古老、ランディルである。

「——何ゆえ、主が必要か？　確かに、努力する美しい者はいる。命を育《はぐく》む正しい者はいる。だが……それら光の子らはあまりに少なくなってしまった。科学が発達するにつれ、人々は目に見えぬものを信じる心を失っていった」

聖騎士からは『神威《しんい》の雷光《らいこう》』と畏敬《いけい》され、闇《やみ》の者からは『裁きの稲妻《いなずま》』と恐《おそ》れられる……そう、齢《よわい》八十にして今尚《いまなお》恐れられる老人の声は、その一言一言が、威厳と——今は憂《うれ》いに満ち満ちていた。

「科学が悪なのではない。科学者もまた努力する美しき者であろう。彼らこそ弱き人々にまで薬を行き渡らせ、工業によって身分の格差を無くし、全ての人々に豊かな暮らしをもたらしてくれた。だが、結果として目先の利便に囚《とら》われる者も増えてしまったのだ。ゆえに……今再び、我々は信じる心を取り戻《もど》さねばならない。そうすることで、我々は利便の中からも真に必要なもの、不必要なものとを選《よ》り分けることが出来るようになるだろう」

部下のシスターから連絡《れんらく》を受けた若き司教……フェリオールもまた、今ではランディルの立った壇の最前にて、低く、染《し》み入るように深い声を聞いていた。

「時代は去りし日のように主のみを求めてはいない。であれば科学と、求むべき正しき精神との共存の道はただ一つ。それを目にすることだ。主は、その導《しるべ》として降臨めされる。何度でも言おう。我々は信じる心を……感謝する心を取り戻さねばならない。主が与《あた》えたもうたこの地を。この水を。この空気を。そして生きる喜びを感謝しなければならない。よく考えて欲しい。当たり前のことなどこの世には、ただの一つもないのだということを……」

フェリオールは目を伏《ふ》せたまま小さく頷《うなず》く。

枢機卿の言葉は全く正しいと。

しかし——。

自然、嘲笑《ちょうしょう》が浮《う》かびそうになり、フェリオールは自粛に努める。時を同じくして、語り終えた枢機卿に一人が拍手《はくしゅ》を始めた。

政治家の演説会とは場が違《ちが》うのだ。異例のことにフェリオールが振り返ると……ラベンダー色のリボンで長い髪《かみ》を束ねた、人目を惹《ひ》くような美しいシスターがひとり、席を立ち、心底感《かん》嘆《たん》した表情で拍手していた。つられ……他《ほか》の信徒らも立ち上がる。

聖堂に初めて、万雷《ばんらい》の喝采《かっさい》が鳴り響《ひび》く。

ランディルの言葉にそれだけの力があったのは確かだ、と。フェリオールは失笑しながら、聴衆《ちょうしゅう》に従った。

◆

「やはり鈴蘭という少女が聖なる巫女であるようです。先ほど確認《かくにん》が取れました」

フェリオールの声は静謐《せいひつ》でありながらも、信徒の立ち去った無人の聖堂に響く。枢機卿ランディルは皺《しわ》深い目元を緩《ゆる》め、首肯《しゅこう》。

安堵《あんど》に似た笑みは、彼の異名からは想像も付かぬほど優《やさ》しいものだった。

「そうか。人類の悲願は間もなくか……」

「はい。しかしながら……闇に先手を打たれました」

フェリオールが苦慮《くりょ》の様相で頭を下げるのを見やるなり、ランディルは細めた瞳《ひとみ》に、そのまま悲哀《ひあい》を滲《にじ》ませる。

「……よもやこれほど平穏《へいおん》な国にまでそのような根がはびこっているとは。いや、我らの動向を知って動いたのだろうな……相手は〝ゼピルム〟か？」

　それは光としての神殿《しんでん》協会同様、密《ひそ》やかに世界に散らばる闇の機関であった。全体像は協会の情報網《じょうほうもう》をしても杳《よう》として知れないが、高位の闇、魔人《まじん》どもの集団ということだけがはっきりしている。目下、協会に抗《こう》し得《う》る唯一《ゆいいつ》の勢力であったが……フェリオールはかぶりを振《ふ》って否定する。

　意外そうに、ランディルは白眉《はくび》を寄せた。

「もしや、この国の手の者か？」

「御意《ぎょい》に」

「関東機関か。だがあれは……」

「はい、かの組織ではございません」

「……どういうことか？」

　声に、フェリオールは面《おもて》を上げた。

「この国において、古くは〝神殺し〟と呼ばれた輩《やから》にございます」

「なんと不敬な名か。よもや、人が主を貶《おとし》めるなどとあろうはずがない」

　ランディルは信じるが故《ゆえ》に、まるで脅威《きょうい》と受け取る風もなく、そのまま浮かんだ感想を述べているようであった。

「はい。無論、我らが信ずる主とは意趣《いしゅ》を変えましょう。古来よりこの国の者は、万物に神が

宿るなどという思想を持っています。要するに人ならざる力を持った、闇《やみ》……魔物《まもの》の類《たぐい》を討ったという者たちでありましょう。今は、代より継《つ》がれし第三世界の業《ごう》にて悪逆を行っているようです」

「……そうか。悲しいことだ。世が世であれば、共に手を取り合えた者たちが相手か」

嘯《うそぶ》きつつ、ランディルはフェリオールに背を向けた。そして聖堂のドームに連なる壁画《へきが》のひとつを仰《あお》ぎ見る。

どこの神殿にも飾《かざ》られる、太古の神魔の戦《いくさ》を描《えが》いたものだ。赤い髪の大天使と、青い髪の魔王と。狭間《はざま》にて、人々は戸惑《とまど》っている。

「……人は本来、闇を恐《おそ》れる生き物だ。だが、眩《まぶ》しすぎる光にも目を向け続けてはいられない……」

彼はその壁画を言ったのか。

それとも悪に転じた神殺しを言ったのか。

あるいは――。

それを答えよと言わんばかりの間が、フェリオールへともたらされる。だが若き司教も無言を通すと、雷神《らいじん》とも呼ばれる男はそれ以上を言わず、足音だけを残していった。

(眩しすぎる光……確かに。その通りです、枢機卿《すうききょう》)

フェリオールもまた、その場を後にする。

5 ラッピング料送料無料。

その日の夜。

「奴《やつ》らがバカなのは今に始まったことじゃない。問題は、そのバカどもが君を聖女と信じてしまったことだ」

と、例の教室にて例のスーツ姿の伊織は言った。今日席についているのは鈴蘭一人だ。

「が、マジカライズ・インジケータが示したように、君が聖女になる可能性を秘《ひ》めていることも事実らしい」

「ご主人様は私が巫女《みこ》とかいうのだって、知ってたんですか?」

「……君はテレビを見なかったのか?」

見たけど、私は名護屋河じゃないし。

でも鈴蘭なんて名前の人もそういないかな。

等々、頭の中で肯定《こうてい》と否定とを繰《く》り返していると、もっと根本的なことが思い出された。

「あ、でも初めて会ったときに、借金を一本化していったら私に突《つ》き当たったって」

「あれは嘘《うそ》だ」

がたっ、と鈴蘭は椅子《いす》を揺《ゆ》らした。

「うそって……」

「まあこの際言っておこう。正確には、僕が彼らの借金を肩代《かたが》わりした」

「そっ、それって、それって法的にはあり得ないんじゃ……」

「当たり前だ。連帯保証人でも、ましてや成人ですらない君へどうして債務《さいむ》が移動する。ちなみにあの夜取り立てに来た二人もエキストラだ」

「なっ!?」

机をぶっ叩《たた》きながら鈴蘭は椅子を蹴《け》った。

「じゃあ私は自由なんじゃないですかっ！」

すかんっ、と伊織の投げたチョークが鈴蘭の眉間《みけん》に命中する。

「ったぁぁあああぁ……い！」

「聞け。君が今いる世界は明文化された法が効力を発揮するような場所ではない。だが、僕は君を得るために、実際君の親たちから債権を買い取った。そのために僕がばら撒《ま》いた額が二十億というのも現実の話だ。そして……」

伊織は一旦《いったん》言葉を切り、

「大半は君を君と知った上でも、喜んで金を受け取った」

「……」

「我が社はときどき、クライアントから大きな仕事を請《う》け負うのだが……今回受けた依頼《いらい》は、協会が言う神を降ろさないことだ。だから可能性のある君を、協会に先回りして手に入れた。だがその事情を唐突《とうとつ》に説明して君は信じたか？」

首を横に振《ふ》る鈴蘭。信じられはしなかったろう。今でさえ存分に疑わしいのだから。

「……チョークのせいかどうか知らんが、泣いても始まらんぞ。座れ」

「……っ……う……」

「だから仕事という形で、徐々《じょじょ》にこの世界に慣れさせていこうと僕は思っていた。そうして秘められた力を君自身に自覚させた上で、君の立場というものを説明するつもりだった。今朝の不測の事態がなければ、だが」

不測の事態というのは翔希に帯同していたあのシスターだろう。クラリカといったか。

伊織自身は翔希と面識があるようだが、クラリカには初めましてと言った。話の流れを鑑《かんが》みるに、神が降りるに当りやってきたのだろうか。

それはともかく。

「秘められた力……？　私の……立場？」

「君はかなり複雑な事情を持っている。君は覚醒《かくせい》すれば聖なる巫女になれるが」

——君はまだ覚醒していない。だが、洗礼を受けて覚醒しても、聖なる巫女になれなければ君は……。

翔希の言葉を反芻《はんすう》した鈴蘭。

「魔王《まおう》になる？」

「そうだ。君は魔王候補でもある」

「は？」

「もうこの際だ、言ってしまおう。連中は神を降ろそうとしている。それを阻止《そし》するために、君には魔王になってもらう」

②

「えっと…………いやでも魔王って……」

「安心しろ。素質がある、と言っただけだ。君はまだ、ただの人間だ」

安心も何も、心配なのは真顔でそう言う伊織の頭の中だったのだが。翔希にせよ伊織にせよ、突拍子《とっぴょうし》も無いことを平気で言う。

「魔王になると……どうなるんですか？」

「語感のまま思え。だが勘違《かんちが》いするなよ。今の君はただの人間、我が社のヒラ社員だ」

「うぅ……」

なんか納得《なっとく》いかない。神殿《しんでん》協会が神を崇《あが》めるなら、悪の組織が魔王候補を崇めたってバチは当らないだろうに。

「では座学の続きだ。君は、負位置の魔力《まりょく》という非常に希少な、強力な力を秘めている。無自覚に。故《ゆえ》に覚醒したときどちらに転ぶかわからない。それであのクソガキはシスターの言葉を拒《こば》んだのだろうな」

私と戦いたくないから？

だから彼はあれほどまで強固に――？

「きっかけのようなものとは言え、君は神を降ろすほどの力を秘めているわけだ。先ほども言ったが、こちらの目的は一つ。神を降ろさないことだ。その方法は一つ。君が魔王となりヘブンズゲートを直接打ち砕《くだ》く」

何か意味不明な光線を空に向かって照射する自分を想像しつつ。

「ハァ」

「……。君は思った以上に無自覚らしい。あれだけ闇《やみ》の世界の現実を目《ま》の当たりにして、ハァしか言わんのだからな」

やや困ったように嘆息《たんそく》した伊織。

「一から説明しよう」

チョークを手にし、黒板に図を描《か》き始めた。前にもここで見たような断層だが、今回は少し違う。湖畔《こはん》に立つ樹木や泳ぐ魚が妙《みょう》に上手な……湖の断面図、らしい。

「これはマティ＝ガティのマトリクスと呼ばれる社会モデルだ」

「あ……ぇ？　まてぃが……？」

伊織がボタンを押すと、タライが降ってくる。

「ったぁぁいです……！」

「十九世紀末のアメリカの社会学者、マーティー・ジェファーソン並びにガルチラ・ガーランドが提唱した社会の仕組みというものだ。王、王族、騎士《きし》、農夫……といった中世の階級社会はことごとく、この閉鎖《へいさ》された湖の中で表すことができる、といった旨《むね》のものだが」

伊織は水差しからコップに移した水を、喉《のど》を鳴らして一口。

「解釈《かいしゃく》を変えると、そのまま世界の仕組みを表すことができる。いいか」

伊織はまず、湖面に当たる部分をチョークでなぞった。

「これが表層。つまり僕と出会うまで君がいた世界。ちょっとした風にさざ波が立つこともあるが、基本的によく日が当たり平穏《へいおん》無事な世界だ。協会が言う俗世《ぞくせ》、第一世界。僕が言う世俗、表の世界だな」

善と悪の関係か。呼び方は違うらしい。

チョークは一つ下へ。

「ここが対流。以前も言ったが暗殺者、スパイ、ギャングなどがいる裏の世界だ。静かながらも寒暖の差で流れが起こり、表層を巻き込むことも、また自然の摂理《せつり》として表層から何かが落ちてくることもある。それは世に言う不幸だ。薄暗《うすぐら》いが、しかし表層から覗《のぞ》けないわけではない」

スパイ映画やドキュメンタリー番組があるくらいだし、テロや強盗《ごうとう》に一般人《いっぱんじん》が巻き込まれることも現実にはあるから……筋は通っている。鈴蘭は頷《うなず》いて続きを聞いた。

「深層。我々がいる闇の世界だ。もう光も届かん。表層からは見ることも感じることもできん。対流の連中は何かがある事を感じてはいるが、その暗さに確かめる術《すべ》が無い。水圧との戦いで、底に近い部分でチョークが鳴る。

降りてくることもままならないからだ……」

最後に伊織が、湖底をこつりとチョークで叩《たた》いた。

「そして澱《おり》」

「おり？」

「長くかかって上の三つの層から沈殿《ちんでん》してきた塵《ちり》や埃《ほこり》だ。とても静かで、今ではあるかないかもわからない堆積物《たいせきぶつ》。何かの拍子《ひょうし》で浮《う》き上がることもあるが、表層まではとても届かん」

こつ、こつ、と退屈《たいくつ》するようにそれを叩いていた伊織。言うか言うまいか悩《なや》んでいるようにも見えたが、

「ま……これが世界の仕組みというものだ。世界のバランスだ。協会はこれを崩《くず》そうとしている。崩すためのきっかけが、君だ」

「へ？」

疑問の声はそのままにして、伊織がチョークで描いた人の姿を、湖の中に立たせた。

「この湖に巨人《きょじん》が飛び込む。全《すべ》ての層が突然《とつぜん》入り混じり、表層はまず穏《おだ》やかではなくなる。消《しょう》滅《めつ》だ。次に巨人に阻《はば》まれ対流も消える。消滅だ。せっかく降り積もった澱は巨人の足でかき乱され、巻き上がり、湖は光など関係ないただの淀《よど》みとなる」

「ひょっとして……私が何かして東京に降りて来る神って……」

「この巨人のことだ。その結果世界のバランスが一変し、君は聖なる魔神《まじん》とやらも召喚《しょうかん》できるようになるのだろう」

鈴蘭はしっくりと理解できなかったが、伊織の目は珍《めずら》しく険しいものだった。

「……神様が降りると、平和じゃなくなるんですか？」

「光が強まれば影《かげ》はどうなる」

「えと……濃《こ》くなります」

「正解だ。澱。おおざっぱに言えば魔物《まもの》が溢《あふ》れ返る。詳《くわ》しい理由は僕も知らんが、バランスとして見れば妥当《だとう》な話だ。それを奴《やつ》らは知らん。だが万一、そんなことになってみろ。僕たちの占有《せんゆう》している優位性も世俗に溢れ返ってしまう。悪の組織としても、それ以上に悪い魔物が闊《かっ》歩《ぽ》し始めたら商売にならんだろう」

伊織が深刻な溜息《ためいき》を吐《つ》いた。

「……世の中は複雑でな。神が降りてきて平和すぎても、悪の組織以上に悪い魔物が現れても、こちらの商売は上がったりなのだ」

なるほど、なるほど。

どこまでわがままなのだろうかこの男は。

「神が降りた後にも今の生活を保障してくれるなら、今ここで君を裸《はだか》にひん剝《む》いてリボンをつけて協会に付け届けてやるんだがなぁ。もちろんラッピング料送料無料だ」

「なっ⁉　なんで裸ですかっ⁉」

可愛《かわい》らしくリボンに包まれた裸身《らしん》の自分を想像し、赤面した鈴蘭。それでもアンニュイな彼の表情は揺《ゆ》るぎない。

「そうだな。ネコミミでも付けた方が連中の好みなら、それぐらいはサービスして……」

「わーっ！　いやあぁっ⁉　絶対いやぁぁ‼」

すこーん、と。伊織がゴミでも投げるように放《ほう》ったチョークが、恥《は》ずかしさのあまり半狂乱《はんきょうらん》となった鈴蘭の眉間《みけん》に命中する。

「裸や連中の嗜好《しこう》はともかくだ」

「ううっ……ぐすっ……」

「君が協会へ行った場合、神が降りる。世界人口は三億人前後まで減少するということだ」

③

根も葉もない話であったが、鈴蘭は心臓を跳《は》ね上がらせた。伊織の鋭利《えいり》な眼光に射抜《いぬ》かれたせいかもしれない。

「そんな太古に沈《しず》んだ強大な魔物に打ち勝てる力は、現在ではもう協会しか有していない。神《しん》殿《でん》の復権によって残るのは、あのシスターのように病的なまで潔癖《けっぺき》な狂信者《きょうしん》か、罪など犯《おか》しようもない生まれたての赤《あか》ん坊《ぼう》ばかりだ。争いのきっかけとなるような野卑野蛮《やひやばん》な心を持つ人間は尽《ことごと》く死滅する。君が神殿で一つ祈《いの》ればそんな世界になる。神を得る代わりにな」

「……」

「このまま僕のところで魔王を目指す。神は降りない。協会の連中は嘘《うそ》つき呼ばわりされ、権《けん》威《い》を失墜《しっつい》する。悪の組織は万々歳《ばんばんざい》。同業、及《およ》び関係各位より我が社には数百億は軽く転がり込む。二十億の借金など一晩の夢に終わり、君は表層へ帰れる……いや」

伊織は自嘲《じちょう》するように笑い、首を振《ふ》った。

「魔王となった後、どうするかは君次第《しだい》だ。さすがの僕も魔王には敵《かな》わんだろうからな」

「……へへっ」

俯《うつむ》いた鈴蘭は元気なく笑った。

「何がおかしい？」

「……ほんとにそんな力があるなら……おかしいなって」

よりによって、私みたいな不幸な子に。

「捨てられて捨てられて……結局世界を滅《ほろ》ぼすような力まであって……私、どこまでもいらない子だ……」

「まあ気にするな」

「そんな簡単に言うな！　何も知らないくせに！　知った風に言うな!!」

髪《かみ》を振り乱し、鈴蘭は叫《さけ》んだ。

裏切られた悔《くや》しさ、悲しさ、怒《いか》り。

裏切られるということは、全ての負の感情を背負い込むということだ。それを心の隅《すみ》へ押しやるのに、どれだけの涙《なみだ》が必要か……そう易々《やすやす》とわかられてたまるものか。

「しかしだな。実際我が社の人材はそんなのばっかりだぞ。リップルラップルも沙穂もそうだが……」

「……」

「そう睨《にら》むな。泣いても塞《ふさ》いでも始まらんぞ。なんだったらいっそ、協会へ行くか？　裏切るような悪人は全て殺し尽《つく》すか？」

癇《かん》に障《さわ》るふざけた笑顔《えがお》。

気がつけば鈴蘭は、自分でも聞き覚えのないような声で言っていた。

「……今の私なら、ほんとに世界を滅ぼしますよ……」

「ああ。その前に君の学校の生徒が全員爆死《ばくし》するがな」

どこまでも、どこまでも……！

「五十数億人がくたばるのだ、先に何百人死のうと関係あるまい？　君の学校の生徒数は知らんが」

どこまでも……。

鈴蘭はどうあってもかなわない事を悟《さと》り、表情から力を抜いた。

馬鹿《ばか》らしい。

「そうですね。その通りですぅ……」

「何をふてくされている」

「なんでもないです……」

こーん、と金ダライが降ったときには、鈴蘭は勝手に席を立っていた。くわんくわんと空《むな》しく回るタライをよそに、少女は病人のような足取りで部屋を出て行く。

「……ふん」

彼女の心中、吐露《とろ》した感情は本物だろう。なので伊織も、それを呼び止めようとはしなかった。教卓《きょうたく》のパイプ椅子《いす》に腰《こし》を下ろして、震《ふる》える指先で眼鏡《めがね》を押し上げる。

ややあって、鈴蘭と入れ替《か》わるように入ってきたのはみーこだった。協会のシスターの格好で、ふーわふーわと漂《ただよ》うように、伊織のもとまで浮《う》いてくる。

「なんだ？」

「……少し、焦《あせ》ったんじゃないかしら？」

苦笑《くしょう》のこもったみーこの言葉。対照的に、疲弊《ひへい》した表情の伊織は長い息をつく。

立ち上がった鈴蘭の、禍々《まがまが》しく、赤く染まりかかった瞳《ひとみ》を思い出しつつ。

「……当たり前だ。どう倒《たお》れても地球を打ち砕《くだ》くような棒を、喉元《のどもと》に乗せてバランスさせているのだぞ」

「あら。そうなの……？」

教卓の横に着地したみーこは、幼子の話を聞いた程度に、にこにこ、おっとりと小首を傾《かし》げる。

「君だからそんなふうに言えるのだ。本当にわかっているのか？」

「ええ。懐《なつ》かしいにおいがしたから。もう、思い出せないんだけどね……」

みーこの自嘲は、どこか寂《さび》しげにも見えた。何が懐かしく、何が思い出せないのか……それこそ、〝澱《おり》〟である彼女にしか理解し得ぬものだろう。

「それで、内偵《ないてい》の結果はどうだった」

問われて、みーこはポケットをさぐりメモ帳を取り出す。

「はい……まず、こちらの位置は把握《はあく》されました。神殿協会がフェリオール司教の……ええと」

「いちいちそんな物に書き取るとは。スパイとしての自覚はあるのか？」

「だって……忘れたらたぁくん、もっと怒《おこ》るでしょ？」

もういい、と呆《あき》れ半分に手を振《ふ》って、伊織は続きを促《うなが》した。やはり、もう少し小回りの利《き》く有能な社員が欲しい。それも、『たぁくん』と呼ばないのが最低条件で。

「ええと、はい。第十一聖騎士《きし》団に出撃《しゅつげき》命令が下されました。今はまだ、移動手段の調達に手間取っているみたいだけど……この屋敷《やしき》に来るのは確実です」

みーこの声は、次に沈鬱《ちんうつ》なものとなった。

「やっぱり、逃《に》げた方が……」

「そんな自信はない」

聖騎士団——彼らの常軌《じょうき》を逸《いっ》した戦闘《せんとう》能力は、同じ世界の住人である伊織だからこそわかっていた。それが正義と合致《がっち》すれば、テロリスト程度なら一瞬《いっしゅん》で殲滅《せんめつ》させてしまう連中だ。

「鈴蘭が覚醒《かくせい》するまでは、ホームグラウンドであるこの屋敷で時間を稼《かせ》ぐしかない」

みーこの重い息遣《いきづか》いが聞こえたが、伊織は構わず続けた。

「君は鈴蘭に信用されている。念のため、今の状況《じょうきょう》を含《ふく》めてここに留《とど》まるよう説得しろ。聖騎士団の到着《とうちゃく》時刻は予測できるか？」

「……それでも明日の夜には、きっと……」

「わかった。もう君も寝《ね》ろ。いいな？　余計な血を見たくなければ僕に従え」

「本当は、魔王《まおう》になんかしたくないのよね……？」

まるで確認《かくにん》するような声色《こわいろ》だった。

伊織は無言。

少しして、悲しそうな声。

「……どうして争わなくちゃいけないの？　協会のランディル枢機卿《すうききょう》は、とても立派な方でしたよ。信者の皆《みな》さんも優《やさ》しい人ばかりで……たぁくんだってほんとは」

「黙《だま》れ。寝ろ」

一方的に会話を打ち切り、伊織は不機嫌《ふきげん》に部屋を出た。残されたみーこは、深い息を吐《は》いて俯《うつむ》く。

④

「ハーイルっ！　フェリオール司教に主の御《ご》加護をっ！」

夜も更《ふ》けたというのに、なんだか第三帝国《ていこく》の総統に挨拶《あいさつ》する勢いで、元気なシスターはフェリオールの執務《しつむ》室に飛び込んでいく。

「シスター・クラリカ。部屋に入るときはノックをしましょう」

司教の苦笑にたしなめられるクラリカの後を、翔希は少なくない冷や汗《あせ》を流しながら続いた。

中世ヨーロッパの調度を思わせる白を基調とした室内、席を立ったフェリオールに向けて姿勢を正しながら、

「初めましてフェリオール司教。長谷部翔希です」

「初めまして、翔希さん。勇者としてのご活躍《かつやく》の程《ほど》は聞いていますよ」

笑顔《えがお》。彼の柔《やわ》らかな微笑《ほほえ》みは翔希もテレビでよく見るが、実際会うとその暖かさが肌《はだ》に感じられるようだ。

「それで……俺に、お話っていうのは？」

「はい。聖女様を連れ戻《もど》すために聖騎士団を派遣《はけん》するということはクラリカから聞きましたね？」

ばっちりっす！　とか言いながら親指立ててるクラリカをよそに、翔希は首肯《しゅこう》。

「その陣頭《じんとう》指揮を……翔希さん。あなたに執《と》っていただきたいのです」

「お、俺がっ？」

勇者というのはせいぜいが数人のパーティーを組んでそのリーダーを務める程度のもので、どちらかと言えば孤高《ここう》に戦う者であろう。他《ほか》の誰《だれ》も為《な》しえない危険な事に臨《のぞ》むからこそ、そうした孤独が常に付きまとうのだ。実際、翔希とてクラリカが来るまでは一人で動いていた。

騎士団と付くような大人数の参加する作戦をまとめろという突飛《とっぴ》な申し出に、翔希は困惑《こんわく》の

色を隠《かく》せない。しかし司教はそんな惑《まど》いを拭《ぬぐ》い去るように笑みを深めた。

「ご心配なく。なにも特殊《とくしゅ》部隊のような精緻《せいち》な作戦を行えとは申しません。言わば、そう……旗頭《はたがしら》として立って頂きたいのです」

「旗頭……ですか？　俺が？」

「たかが高校生に戦争なんかできないコトぐらい、こっちだって百も承知っすよ！　ま、お飾《かざ》りってことっすね！」

翔希も実際、そうだろうとは思うのだが……こう、面と向かってケラケラ笑いながら言われると。

翔希とフェリオールは奇《く》しくも同時に嘆息《たんそく》。

「あれ？　なんすか二人とも？」

「クラリカ。あなたは少し黙ってなさい」

「はーい」

フェリオールの言葉に懲《こ》りた様子もない、間延びした返事をさておき。

「いかがでしょう翔希さん。聖騎士は並の僧兵《そうへい》と違《ちが》い、よく訓練されています。有体《ありてい》に言えば、進め、退《ひ》け、の二つの命令で、あとは彼らが最善を尽《つく》してくれるはずです」

「だったらそれこそ、俺が行く必要なんか……」

鈴蘭を奴《やつ》の手から助け出したい気持ちはある。だが、クラリカの言うように作戦の「さ」の字も知らない自分が行ったところで、それは足手まといとなるだけではないのか？

「いいえ、私は決してお飾りなどと言うつもりはありません。聖騎士《きし》では敵《かな》わない相手がいるかもしれないのです」

「聖騎士では敵わない……？」

「今回の相手は第二世界の賊《ぞく》ではなく……第三世界の魔、だということです」

◆

申し出を引き受けてくれた翔希が退室した。勇者にはまだ不安そうな様子がうかがえたが、まずはこれでよいだろう——と、フェリオールは静かに息を吐く。

「でも大丈夫《だいじょうぶ》ですかねー？　翔希さん真面目《まじめ》過ぎるっすからねー」

「それは元より、こちらの計算のうちです……むしろクラリカ。今回はあなたの立ち回りにかかっているのですよ？」

フェリオールの不安を、期待と間違って受け取ったシスターは目に星をキラキラ、表情を太陽みたく輝《かがや》かせ。

「そりゃもう超《ちょう》オッケーっすよ司教様！　このシスター・クラリカには主のご加護が雨アラレで鬱陶《うっとう》しいくらいっすから！」

「だと良いのですが……」

彼女の実力に疑いはない。

ただ、その空回り気味な元気にだけ、フェリオールは苦笑した。

6 悪の組織における特権。

①

二十億という借金に法的効力がないことがわかっている今、鈴蘭は伊織の元を逃《に》げ出しても別に良かったのだ。

しかし協会へ行きたいかといえばそうでもない。覚醒《かくせい》に失敗して魔王《まおう》になれば協会の敵だ。いや、そんな兆候が現れた時点で殺されるのかもしれない。

ただ普通《ふつう》に学校へ行って普通に暮らしたい。

それが鈴蘭の本望《ほんもう》だった。

だがその学校を爆破《ばくは》されたのでは行き場が無い。行き場以前に親代わりの詐欺師《さぎし》に捨てられ帰る場所がない。帰る以前に……公安に手配されたというのは事実だろう。

(脅《おど》されたって言えば許してもらえるかな)

それはありそうだった。でも、覚醒剤《ざい》の取引現場に殴《なぐ》りこんだときにはしっかり相手に顔を見られていた。

(あの人たちはさすがに、許してくれないだろうな)

伊織の言う世俗《せぞく》には帰れない……帰っても、きっと今まで以上の不幸が待っているだけだ。

伊織貴瀬——なんと狡猾《こうかつ》な男だろう。

借金はインパクトあるきっかけにしたに過ぎなかったのだ。彼はこちらが戸惑《とまど》っているうちに仕事と称《しょう》して悪事を重ねさせ、世俗と自分とを隔絶《かくぜつ》してしまった。

もう、逃げられない。

見逃《みのが》していた分岐《ぶんき》路は、気が付けば閉ざされていた。

「はぁ……」

今日はそんな非現実的な仕事ではなく、メイドらしい仕事をしている。だだっ広いとしか表現できぬような庭を掃《は》くだけの、パトカーのサイレンも聞こえず、銃弾《じゅうだん》一つ飛んでこない、夢のような仕事だ。

(……そんな風に思える私って……不幸だ)

少し離《はな》れた場所ではみーこが同じようにホウキを動かしていた。小さな草花を見つけ、我が子の成長でも見たような、嬉《うれ》しそうな顔をする。

会うたび、母性を象徴《しょうちょう》するような人だと思う。ちょっと垂れ目気味の顔が、また優《やさ》しそうなのだ。

(……みーこさんは神とか信じてるのかな……)

彼女の信じるような神なら、いてもいいと思う。降りてきてもいい気がする。みーこが見せているのは、そんな気にさせてくれる笑顔《えがお》だ。

その彼女には、伊織を信じてここにいて欲しいと言われた。協会が神の降臨を宣言した三日後を期限に。

今朝、久しぶりに見たテレビのニュースでは、やはり東京上空の青い霞《かすみ》……ヘブンズゲートが映されていた。前より色が濃《こ》くなっていて、晴天でも青空に紛《まぎ》れずはっきりと見える。街頭でインタビューを受ける人々は、誰《だれ》も期待と好奇《こうき》に固唾《かたず》を呑《の》んでいる様子だった。

⑫フェリオール司教が喧伝《けんでん》した『名護屋河鈴蘭』も、見つかったことになっていた。もっとも、今それが彼らの手中にあるかは、メディアは知らないのだろうけど。

(……沙穂ちゃんは、どうしてここにいるんだろ)

みーこより、もう少し離れたところでは沙穂が、ぽーっとした目付きでホウキを動かしている。やはり右目はバンダナで覆《おお》われたまま。

(そう言えば……なんで軍曹《ぐんそう》って呼ばれるのかな？　あの歳《とし》で軍隊にいたとか？)

鈴蘭が経験した限り、闇《やみ》の世界は無茶苦茶《むちゃくちゃ》だ。ゲームやマンガみたいな世界なのだ。だからゲームやマンガみたく、少年少女ばかりが集められた軍事組織が……根拠《こんきょ》は無いが、ありそうだった。

目を悪くした沙穂は組織に見限られ、処分とか粛清《しゅくせい》とかされそうになったところを伊織に……。

(……まさかねぇ)

鈴蘭が色々勝手に想像していると、その沙穂が、ふと顔を上げて振《ふ》り返った。見ているのは、

庭の奥にある鬱蒼《うっそう》とした森。日当たりの悪い薄暗《うすぐら》い空間を見て、彼女は首を横に振った。少して、さよならするように小さく手を振る。そして何事もなかったように掃除《そうじ》に戻《もど》る――。

(な……何を見てたのかな……)

冷や汗《あせ》する鈴蘭。

沙穂は話しかけても、反応はするのだが、喋《しゃべ》るということはまずない。しかも今回は、聞かない方がいいことのような気がした。

それにしても――と鈴蘭は庭を眺《なが》める。

「広いんですねこのお屋敷《やしき》って……普通、お庭に森なんてないですよねぇ」

「ええ。敷地面積はディズニーランドの半分くらいあるんですよ」

と、掃除の手を休めたみーこ。

世の中は不公平だ。あんな極悪人《ごくあくにん》がこれほどまで贅沢《ぜいたく》な暮らしぶりだのに、片やけなげに生き抜《ぬ》いている自分は不幸という名の雪玉を転がすよう。

「鈴蘭ちゃんって呼んでもいいかしら?」

「え? あ、はいもう、どうぞどうぞ」

鈴蘭の返事に、みーこは胸の前で手を組み、おっとりと笑う。

「よかったぁ。私ね、鈴蘭ちゃんみたいな妹がいたらいいなぁ……って。そう思ってたんです。だから……そんな感じなんです」

「ハァ……そういえばみーこさん、家族は？」

「一人っ子です。確か」

　家族構成ではなく、ご両親はどうしているとかこんなワケのわからん組織にいて誰も心配してないのかとか。そういう意味で聞いたのだが、彼女の笑顔を見る分には、自分ほど深刻な事情でここにいるのではないようだった。

「……え？　確か、って」

「あまりよく、覚えてないんです」

「記憶喪失《きおくそうしつ》ですか？」

　外面もさることながら、内面まで完璧《かんぺき》な人だ。よもや伊織に籠絡《ろうらく》されて、都合の悪い記憶は消されて——悪の組織なら充分《じゅうぶん》にありそうな事柄《ことがら》を思い描《えが》いた鈴蘭だが、

「いいえ。ボケらしいです」

　さてフォローすべきかツッこむべきかを大いに悩《なや》む。普段《ふだん》のままのおっとり笑顔は、からかわれているのか、自嘲《じちょう》しているのかも判断が難しい。

「えっと……みーこさん、何歳ですか？」

「さあ……」

　と、やはり笑顔のまま小首を傾《かし》げる。

「ただ、随分《ずいぶん》と長く生きてるそうです。そういうところのモノだって……たぁくんは言ってた

けど」

まるで他人事のように言って、みーこは笑った。

すっかり失念していたが。そう、この人は浮《う》くのだ。人間ではない――。

いやちょっと待て。今それどころではない単語が出てきた。確か……。

伊織貴瀬。貴瀬――たかせ。

「たぁくん……!?」

あ、と気が付いたようなみーこはこっそり辺りを見回して。

「私、たぁくんを小さい頃《ころ》から知ってるの。油断してると、ついこの呼び方になっちゃって……たぁくん、凄《すご》く怒《おこ》るんだけどね」

だから内緒《ないしょ》ね、と悪戯《いたずら》っぽく、人差し指を口に当てたみーこ。

（へえぇ……）

そうだろう。そりゃそうだろう。

あの一人百鬼《ひゃっき》夜行のような男が『たぁくん』では恐《おそ》ろしさもへったくれもない。

内心ほくそ笑み拳《こぶし》を握《にぎ》った鈴蘭。その中にあるものは弱みだ。いや、みーこからはまだ、それ以上の何かを引き出せるかもしれない……！

「昔はね。たぁくんとっても優しかったの。でもあるとき急にいなくなってね……」

みーこは言葉を切ると、寂《さび》しげに、少し遠い空を眺めていた。奇《く》しくも……いや、思うところあってか。東京の方角だ。

「帰って来たら、たぁくんは変わってた。何があったのかは、わからないけれど……」

そんな彼女の、小さく落とした肩《かた》の向こうを見て、鈴蘭は硬直《こうちょく》した。

「あ、ぁ、あの……」

凄《すさ》まじい形相をした伊織が館《やかた》の方から、音もなく、すごいスピードで走ってくる。

「そう……きっとね、何か辛《つら》いことがあったんだと思うの。ときどき、夢にうなされてたりしてね……」

「み、みこ……みーこさ……」

「でもたぁくんは、ほんとは今でもきっと優し……」

「みぃぃいこぉぉあああああああっ!!」

宙に跳《と》んだ伊織が後ろ回し蹴《け》り。

側頭部直撃《ちょくげき》。

笑顔のままのみーこが頭から吹《ふ》っ飛び、きりもみ、土を巻き上げ地面を滑走《かっそう》する。

どうにかこうにかという風に上体を起こしたみーこは、あたかも猛犬《もうけん》に睨《にら》まれた子猫《こねこ》のよう。

伊織を見上げる瞳《ひとみ》には、真珠《しんじゅ》のような涙《なみだ》。

「たぁくんひどい……どうしてこんなことするの？」

「その呼び方を止《や》めろと言っているのだ!!　僕の威厳《いげん》が廃《すた》れる!!　この役立たずが!!　鈴蘭の

方がまだ使えるわボケ!!」

牙向《きば》いて噛《か》み付きそうな勢いで伊織が怒鳴《どな》り散らした。鈴蘭は矢も楯《たて》もたまらず、みーこの前に立ちはだかる。

「ご主人様！　照れ隠《かく》しにしたってあんまりじゃないですか！　みーこさんは……みーこさんは、そういうキャラじゃないと思いますっ!!」

伊織の押し上げた眼鏡《めがね》が鈴蘭へと輝《かがや》いた。

やばい。やばい目だ。

「ほう……鈴蘭。僕が開発した対みーこ用ジャンピングローリングソバットを君も喰《く》らってみたいのか？　んん〜？」

「いや……いぇ……そのぅ……」

そんなものを開発してしまうほど嫌《いや》なのか。

「ふん、まぁいい。みーこ、君はもう戻《もど》れ」

「くすん……ごめんね、たぁくん……」

天地がひっくり返ろうと謝るべきは伊織のはずなのだが。

「いいから戻れ。これから奴《やつ》らの動向の一切《いっさい》を把握《はあく》しておくのだ。いいな？」

はい、と頷《うなず》いたみーこは少し嬉《うれ》しげ。ほっぺに付いた泥《どろ》もそのままに、館の方へ小走りに駆《か》けて行く。

何が嬉しいのか、鈴蘭には理解できない反応だった。歪《ゆが》んだ上下関係でも存在しているのだろうか。そう考えると、みーこも他《ほか》の面々に負けず奇妙《きみよう》な人物なのかもしれない。

というかまあ、浮くわけだし。

「行くぞ鈴蘭。仕事だ」

伊織の声に、鈴蘭は鬱《うつ》とした面持《おもも》ちになった。

今度も銃声《じゅうせい》を聞くような修羅場《しゅらば》なのだろうか。

「ところで鈴蘭。ここで聞いたみーこの言葉は一切忘れることだ」

あの対みーこ専用ナントカを目《ま》の当たりにした後では、弱みとかいう概念《がいねん》は跡形《あとかた》もなく、鈴蘭はただ頷くしかなく。

「で……でもどうしてわかったんですか？　みーこさんが……その……喋《しゃべ》ったって」

「みーこがいつもしているリボンには小型マイクが仕込んである。僕があいつにプレゼントしてやった特注品でな。あの下らん呪詛《じゅそ》を感知すると僕の部屋で警報が鳴る仕組みだ」

（呪詛って…………。てかプレゼントって……。最低だこの男……）

しかしみーこは、この伊織ではない伊織を知っているようだった。そんな過去の彼を、今でも信じているようであった。

（いいな……）

何となしにそう思う鈴蘭。

それに比べて自分は？

……いやいや、この男は。

「なんだその哀《あわ》れみの目は？」

「いえいえ、何も」

「対君専用の技《わざ》も考えようか？」

「とんでもなく結構ですっ!!」

三人が去った後には、沙穂だけが掃除《そうじ》を続けている。

②

連れてこられたのは館の最上階……四階にある伊織の部屋だった。

海外の旅行番組、あるいは豪邸《ごうてい》を探訪する類《たぐい》の番組でしか見られぬような光景が、鈴蘭の眼前に広がっている。広々とした室内、落ち着いた色合いで統一された調度品に混じる鈴蘭。そこでは現代において奇異なメイド装束《しょうぞく》も、まるで溶《と》け込むよう。

窓際、木製の大机には革《かわ》張りの椅子《いす》。まずは伊織が、それに腰《こし》を降ろす。

「さて今回の仕事だが……」

「あれ。ご主人様って絵を描《か》くんですか？」

鈴蘭は部屋の隅《すみ》に追いやられたイーゼルを見つけて近付いた。立てかけられたスケッチブックに描《えが》かれているのは、クロッキーだが……みーこだろう。

「ああ、ただの趣味《しゅみ》だ。気にするな」

「いや……メチャクチャ上手じゃないですか⁉」

「はっはっは。ちなみにロビーに飾《かざ》ってある絵も僕が描いたものだ」

「ええっ⁉」

この屋敷の調度に並んでも違和感《いわかん》ない絵画……てっきり、有名な画家のものだと思っていたのだが。

「ちなみに、別の部屋にリップルラップルも沙穂も描いてある。興味があるなら、君のことも暇《ひま》なとき描いてやろう」

「ハァ……あ、でも、じっとしてるの苦手なんで」

そうか、と気にした様子もなく伊織。

絵のモデルだなんて、恥《は》ずかしいということもある。しかしながら、彼がそんなまともな趣味を持っていることに意外さを感じた鈴蘭。みーこが慕《した》っているのはその辺なのだろうか。

ナントカの社会モデルの絵が妙に上手《うま》かったのも納得《なっとく》。

「それより仕事の話だったな。お使いに行け」

伊織が机のノートパソコンを脇《わき》へどかすと、代わりにリュックサックと水筒《すいとう》、Ａ４サイズの紙を机に載《の》せた。

「いやあの……どこまで行けと？」

「なに、この屋敷《やしき》の中だ。ちなみにその水筒は君が飲むものではない。それを届けるのもお使いの一つだ」

「ハァ」

容量は一リットルほどか。ステンレス製の大きめの水筒だった。鈴蘭は手にとってちゃぷちゃぷ鳴らしてみる。

「お酒かなんかですか？」

「ただの砂糖水だ」

「砂糖水？」

「かなり濃《こ》く溶かしてあるから、間違《まちが》っても君は飲むな」

ちゃぷちゃぷ。

「……砂糖水ですか？」

「空を飛ぶぞ」

「イエス。イエスですマイマスター……」

全《すべ》てを悟《さと》った鈴蘭は、そぉっとそれを机に戻《もど》した。

「こっちのリュックは？」

「届け先に一緒《いっしょ》に置いて来い」

「ハァ」

それほど重くはないリュックを背負って、水筒を肩《かた》から提《さ》げる。それから場所が書かれた紙切れ一枚。屋敷の地図らしかった。

「……砂糖水はともかく、お屋敷の中ってことは社員の人なんですか？」

「リップルラップルだ」

「はぁ!?」

盛大に疑問する鈴蘭。

「さっささささ……砂糖水……ですよ!?」

「あの子が服用するわけじゃない。それより時間が無いのだ。僕も昨夜から徹夜《てつや》でな、仕様書《しようしょ》の作成に忙《いそが》しい。だというのにあの女は……」

伊織は自分が書いたといういみーこの絵を見やり、いらつくように乱れ気味の前髪《まえがみ》をかき上げる。

「……とにかく、行って来い」

「ハァ……んじゃ行ってきます」

伊織が充血《じゅうけつ》した目でパソコンと睨《にら》み合うのを横目にしてから、鈴蘭は部屋を出た。

③

地図は、屋敷全体を断層にして表されたものだった。地上は一階から四階。それから庭、中庭、裏庭。地下。詳《くわ》しく邸内《ていない》を案内されたことはなかったが、裏庭には墓地まであるらしい。何が埋葬《まいそう》されているかはともかくも。

(ダンジョンだなぁ、まるで……)

降りてきた地下は、そんな様相を呈《てい》していた。きらびやかとも表現できる地上部分と打って変わって、石のブロックが敷《し》き詰《つ》められ、積み重ねられた、それこそ迷宮の形容に相応《ふさわ》しい通路を歩く。松明《たいまつ》も無いのに明るいのは、闇《やみ》の世界の技術だろうか。

ひんやりと冷たい風が流れるのを首の後ろに感じながら、自分の足音を寂《さび》しく聞く。数分ほどで辿《たど》り着いたのは『技術開発室』と書かれている部屋だった。邸内においては珍《めずら》しく、金属製の扉《とびら》である。

「お届けものでーす……」

「開いてるの。入るの」

聞こえてきたリップルラップルの声に従う。

部屋の様子は、学校でいう理科室のようなもの。ただし黒板には複雑怪奇《かいき》な計算式と魔法陣《まほうじん》

(たぶん)が描《えが》き出され、机という机にはガラスの実験器具が所狭《せま》しと並び、連結され、色とりどりの液体や気体を流している。


「待ってたの」

つぶらな瞳《ひとみ》を瞬《またた》かせ、リップルラップルが言う。鈴蘭は包みをリュックから取り出し、水筒《すいとう》もその場に置いた。

「……これでいいの?」

「確かに、受け取ったの」

リップルラップルはまず包みに挟《はさ》まっていた手紙を開いた。きょときょとと黒目を動かし文面を追って、ほうほう、とでも言うように二度頷《うなず》く。

「少し、待つの。すぐできるの」

言い残して、リップルラップルは実験器具のジャングルの中へ入っていった。包みを解《ほど》くと、中の物……青く輝《かがや》く幻想《げんそう》的な粉をビーカーの一つに加え、あちこち動き回って器具を操作し始めた。バルブを開けたり、栓《せん》を閉じたり、火を入れたり。

「これ……全部あなたが準備したの?」

少女はまた何やらの液体を、不思議な光の粉を入れたビーカーに混ぜながら、こくこく頷く。

「そうなの。大変な苦労だったの」

粉は液体と溶《と》け合い、胸のすくようなエメラルドグリーンに変色していく。

「わぁ。まだ小さいのに……天才だねぇ」

「そうでも、ないの。こう見えても、なかなかの努力家なの」

ぱっちりとした黒目がちの瞳で、ビーカーの目盛りを読むリップルラップルは普段《ふだん》の無表情。冷たい感じではなく、猫《ねこ》みたく愛らしい無表情だ。

（変わった子だなぁ……）

リップルラップルの実験が続く間、鈴蘭は部屋の中を少し見学することにした。しかし黒板は近くで見てもさっぱり意味不明。棚《たな》には数々の薬品が陳列《ちんれつ》されているが、見ていて面白《おもしろ》いわけでもなし。三つのゴミ箱には燃えるゴミ、燃えないゴミ、燃えさかるゴミの張り紙——。

通り過ぎようとして、びくっと振《ふ》り返った鈴蘭。

（燃えさかるっ⁉）

それだけ『開けるな危険』の表記。

ではどうやって捨てるのかはともかく。

やるなと言われれば、やってみたくなるのが人の性《さが》。しかもそれが未知の物、「ごごごごご……」と中から得体《えたい》の知れぬ重低音がしていればなおさらだ。

鈴蘭はリップルラップルが背を向けているのを見計らい。

（ちょっとだけ……）

開けようとして、痛烈《つうれつ》なタックルを喰《く》らった。

「ったぁあ……」

仰向《あおむ》けに倒《たお》れた鈴蘭の上には、間一髪《かんいっぱつ》を現したごとく、汗《あせ》を拭《ぬぐ》う仕草のリップルラップル。

少女は無表情のまま、でもどこかしら哀《かな》しそうに……ふるふる、と首を振り。

「誰《だれ》も、命を粗末《そまつ》にしてはいけないの」

と諭《さと》して実験の続きに戻《もど》っていく。

「そ……そんなに危ないの⁉」

「……」

「え……ええ？　気になるんだけど？　一体何が……？」

「……」

「ね、ねえ⁉」

「深追いは、危険なの」

ぽつりと述べた少女の手には、いつの間にか一振りの金属バット。彼女はこちらを向いていないが、手には金属バット。

「う、うん……そう……だよね」

少しすると、作業が一段落したのだろう。リップルラップルは一息。問題の水筒を抱《かか》えて部屋の奥、ドアの向こうへと消えてしまった。

（……いや、やばいって！　お茶じゃないし！）

鈴蘭がダッシュしてドアを開けると、少女は今しも砂糖水を器《うつわ》に注ごうかというところ。

「ちょっ、待ったぁわあっ！」

リノリウムの床《ゆか》に足を滑《すべ》らせ、転ぶ鈴蘭はリップルラップルにぶつかった。水筒は少女の手を離《はな》れ、器もひっくり返り、床が水浸《みずびた》しになる。

「……ひどい話なの。世の中は、世知辛《せちがら》いの」

床を見詰《みつ》めて肩《かた》を落とすリップルラップル。

「っていうかあんた！　その中身知ってるの!?」

「人間には、よくない薬なの」

さして気にも留めぬ表情で……笑うとか怒《おこ》るとかいう表情を作れないのだろうか……リップルラップルは歩き、部屋の隅《すみ》に並んだ大きな竹籠《たけかご》をひっくり返す。

「え？」

ぺとっ。とリノリウムの床に落ちたのは透明《とうめい》な、ぷよぷよした饅頭《まんじゆう》のようなものだった。いや、あるいは巨大《きよだい》なわらび餅《もち》。クッションほども大きさがある。

「スライムなの。ぷになの」

紹介《しようかい》して、リップルラップルは次々と竹籠をひっくり返していく。一つに付き、一匹《ぴき》。透明、緑、青……清涼感溢《せいりようかんあふ》れるそれらはぷよぷよと移動したかと思うと水溜《みずたま》りに浸り、砂糖水を吸い取り始める。

「すらいむ……って……スライム？」

「魔物《モンスター》には、ただの栄養源なの」

少女は、スライムがゆったりふよふよとする様を眺《なが》めている。

「へぇ……」

「人間には悪い薬で、育つの。ちょっとした、世の中の仕組みなの」

「？　？　？」

首を傾《かし》げる鈴蘭を、ぱっちりした目でじっと見詰めたリップルラップル。

それも束の間。

「世知辛い世の中なの」

表情は変わらず、どこか寂《さび》しげな声で、少女はスライムに視線を戻した。

少しすると、床は元のように乾《かわ》いてしまっていた。リップルラップルは一匹一匹を両手で抱えると、元のように籠に入れていく。

「……なんで竹籠なの？」

「竹籠は、登れないの。ここは脱獄《だつごく》不可の、アルカトラズなの」

（変わった子だなぁ……）

◆

「……できたの。かなり、いい感じなの。一緒《いっしょ》に持ってくの」

リップルラップルが注射器の入ったケースを持って鈴蘭の元へやって来た。受け取り、改めてその子を見る鈴蘭。

青っぽい黒髪《くろかみ》、微妙《びみょう》に長い名前、ぶかぶかの貫頭衣《かんとうい》、いつの間にか握《にぎ》っている金属バット……以外は、どう見ても普通《ふつう》の女の子だが。

なに？　とでも言いたげに小首を傾げるリップルラップル。いえ何も、と首を振《ふ》った鈴蘭は、そそくさと技術開発室を後にした。

◆

「うひゃあっ⁉」

地下通路いっぱいに響《ひび》いた着信音に、鈴蘭は身をすくませた。静寂《せいじゃく》に慣れきっていた耳には大音声《だいおんじょう》の携帯《けいたい》電話を、ポケットから取り出す。

「なんだ、ご主人様か…………はい鈴蘭です」

《今どこにいる》
「えっと……上に戻るところですけど」
《ではリップルラップルのところで薬品は受け取ったな？》
「え？　はい、なんか、針の無い注射器みたいな……」
《そうか。では急いで地上まで戻《もど》って来い。もうあまり時間が無い》
「時間って……？」
《予想より早く協会が動き始めたのだ。急いで君をスペックアップする》
ぷつり。つー。つー。
「……スペックアップ？」
私を？

④

「うわぁ。もう夕方だ……」

地下から戻ってきた鈴蘭は、眩《まばゆ》い西日に目を細めた。感覚以上に、時間は早く流れていたらしい。

「来たな。こっちだ」

吹《ふ》き抜《ぬ》けのロビーから、伊織が手招きする。鈴蘭を待たずに歩き出す伊織へ、走って追いつく。

「あの、ご主人様。スペックアップって……」

「少々荒療治《あらりようじ》だが、君に秘《ひ》められた力を引き出そうと思う」

「覚醒《かくせい》……ってことですか？」

「そうだ。いや、完全にというわけではない。そんな技術を持っているのは協会だけだからな。しかし君が『力』を自覚する第一歩にはなる」

無自覚にあるからこそ、聖女にも、魔王《まおう》にも——という、伊織の言葉が思い出された。では今回は方向付けなのだろうか。それとも、自覚した後に自分でどうすべきかを考えろということなのだろうか。

浮《う》かんできたのはあまりに抽象的《ちゆうしようてき》な概念《がいねん》で、鈴蘭はそれを言葉にできなかった。ただ、はっきりと目の前にあるらしい現実を問う。

「私も……その、聖騎士《きし》団と戦うんですか？」

「出来次第《できしだい》だ。逃《に》げるにせよ今の君ではな」

連れてこられたのは渡《わた》り廊下《ろうか》を進んだ離《はな》れの棟《むね》だ。最奥《さいおう》の扉《とびら》をくぐると、その部屋はまるで手術室の様相を呈《てい》していた。

ベッド、無影灯《むえいとう》、使い方の見当も付かない種々の機械と、モニターと……そして鈴蘭が生涯《しようがい》出会った誰《だれ》よりも、ズバ抜けて危険な青年が一人。

「いひっ……いひひっ、た、貴瀬ぇ……きき、今日は、お、女の子をいじらせてくれるって……ほんとうかぃ……？」

薄汚《うすぎたな》い白衣、ただ伸《の》びただけのような長髪《ちょうはつ》、片側だけに分厚いレンズがはまった黒縁眼鏡《くろぶちめがね》。そんな痩身《そうしん》の陰鬱《いんうつ》な男が、唇《くちびる》をひくつかせている。

「そうだドクター。今日はこの子のスペックアップを頼《たの》みに来た」

怯《おび》える鈴蘭は伊織に背中を押され、無理にドクターの前に立たされた。

「ひっ、ひひっ！　か、かわいいなぁ！　いっ……いいのかい、伊織ぃ⁉」

こけた頬《ほお》を引きつらせるような笑い方で、ドクターが鈴蘭の顔を覗《のぞ》き込んでくる。そうして近くで見ると、気味が悪いのはともかく、年齢《ねんれい》は伊織と同じくらいだろうか。

「女の子をいじるなんて沙穂ちゃん以来だからなぁ。ひひっ、興奮しちゃうなぁ……！」

……。

「ご主人様。私いまですね、とんでもなく嫌《いや》な予感がしてるんですけど……」

「知らん」

言いざま、伊織は背後から鈴蘭を抱《だ》きすくめ、ベッドの上に押し倒《たお》す。革《かわ》ベルトでか細い四肢《し》を、手早く縛《しば》り付けていく。

「いぃやぁあああああああっ⁉」

「くっ。愚《おろ》かだな鈴蘭。改造手術は悪の組織の特権だぞ。少しは喜んだらどうだ?」

「いぃやぁでぇすぅ――――っ!!」

「そう言うな。ドクターは脱線《だっせん》さえしなければただの天才だ」

と、ひいひい喉《のど》を鳴らす青年を親指で差す伊織。

「そんな表現がまかり通る紙一重《ひとえ》な人に体を預けたくないんですけどっ!! もう脱線どころか横転してますっ! 一人医療《いりょう》事故ですぅ!!」

「はっはっは。鈴蘭はうまいこと言うなぁ」

「爽《さわ》やかな顔で笑うなぁ!! こるぁ!! 人権をよこせぇ!!」

「いひっ、ひっ、元気な娘《むすめ》だなぁ。そ、そ、それで!? 僕の好きなようにいじっちゃっていいのかい!?」

ばっ、と伊織がドクターに突《つ》き付けたのは『仕様書ｆｏｒ鈴蘭』なる書類。

(あぁ……私って、会社の備品みたいなもんなんだ……)

暗澹《あんたん》たる気持ちから出る、鈴蘭の笑い声は乾《かわ》ききっていた。そんな事はお構いなしのドクターは紙面を次々めくって、濁《にご》った目を細かく動かし……最後に叫《さけ》ぶ。

「ドリルっ!?」

「ぶっ!?」

噴《ふ》き出した鈴蘭。だがそれは杞憂《きゆう》だったらしいことが、続く言葉でわかった。

「ど、ど、ドリルが書いてないじゃないかぁ！　ドリルは付けないのかい伊織ぃ⁉　書き忘れているんじゃないのかい⁉」

「そんなもんはいらん！」

「じ、じゃあ目からビームは⁉　ビームくらい出すんだよな⁉　な⁉」

伊織はいつも鈴蘭にそうするように、すがるようなドクターの眉間《みけん》を強く打った。

「いいからその通りにしろと言っているのだ！　そのための仕様書だ！」

「わかったよぅ……」

観念したドクターが髪《かみ》の毛を掻《か》きむしり、仕様書を携《たずさ》えたまま別室に消えていく。

伊織は脱線さえしなければ、と言ったが、あのドクターの場合はレールを外れただけでは脱線とは呼ばないようだ。

朝の通勤ラッシュの時間、サラリーマンのごった返すホームを横っ飛びに十番線から一番線まで突っ切って改札で逆さまに停止し、ようやく脱線と言うのだろう。

どういう経緯《いきさつ》で電車がそんな挙動を見せるのかはともかく。

「ったく、どうしてうちの人材はこう、僕の言うことが聞けんのだ……」

「あの……ご主人様……？」

「ん？　なに、心配するな。あいつは天才だ。少し切ることになるが傷も残らんぞ」

「いえ……私の心に、傷ができつつあるんですが」

伊織はしばし間を置き。

「……いやぁ、そこまでは考えてなかったな」

「バーカ！　たぁくんのバーカぁッ!!」

ずごしゃあっ!!

「げぶふぉっ……！」

「二連コンボとは大した度胸だ鈴蘭!!　よしわかった。ドリルと目ビームと指《ユビ》ームと口から波動砲《ほう》、胸からロケットが出るように今から土下座して頼み込んできてやる……！」

「きゃあああごめんなさいごめんなさい二度と二度ともう二度といいませんからああっ!!」

ばたん、と別室のドアが慌《あわただ》しく開いた。ゴム手袋《てぶくろ》、帽子《ぼうし》、マスク、手術着一式に身を固めたドクターが転げ出てくる。

「ロケット!?　ロケットを付けるって言わなかったかい伊織ぃ!?」

「いいやああああああっ――!!」

鈴蘭は号泣しながら、しかしその涙《なみだ》を振《ふ》り払《はら》うごとくぶんぶか首を横に振る。にやけ面《づら》でこちらを見下ろす伊織に向かって。

「ふん……そんなものは空耳だ。それより早いところ頼むぞドクター」

「いひ、ひぃっ、任せろよぉ……！　それより伊織ぃ、この仕様だと、ここじゃあ足りないクスリがあるよぅ……？」

紙面を見せながら指差すドクター。

これだ、と伊織が渡《わた》したのは、鈴蘭がリップルラップルから受け取ってきた注射器。

「みんなグルかあああああっ!?」

「黙《だま》れ」

伊織が麻酔《ますい》用マスクを口さがない鈴蘭にかぶせる。ボンベのバルブを開けられると、鈴蘭は叫びながらも、あっという間に眠《ねむ》りに落ちていったのだった。

⑤

不可視にして、無音。ただ叩《たた》きつけるような豪風《ごうふう》だけが吹《ふ》き荒《あ》れていた。

監視《かんし》衛星の目さえ逃《のが》れる神殿《しんでん》協会の結界内……神殿の敷地《しきち》上空にて、まずはその透過《とうか》結界が解かれる。ライトアップされた協会の上空へ次々に現れたのは、2ローターのヘリコプター四機。大きい。

川崎ボーイングCH47。自衛隊や米軍ではチヌークの愛称《あいしょう》で呼ばれ、車両さえ呑《の》み込める大型輸送ヘリコプターとして世界中で活躍《かつやく》しているが、今翔希が見上げるそれらには日の丸も迷彩《めいさい》色もない。機首に描《えが》かれた天使のノーズアートと、群青《ぐんじょう》色に白い十字を抜《ぬ》かれたその塗装《とそう》、神殿協会の自前である事を示している。

どどどどどっ――！

不可聴《ふかちょう》結界が解け、突如《とつじょ》叩きつけられた爆音《ばくおん》に、翔希は思わず耳を押さえた。直径十八メートルもあるローターの二基掛《が》けだ。それが四機。

感想は一言。

「すごいな……」

単純に、目の前の機体の貫禄《かんろく》に圧倒《あっとう》されたこともあったが、それ以上にそんな近代装備を幾《いく》重《じゅう》の結界を駆使《くし》し、まさしく第三世界の物として俗世《ぞくせ》の水面下に運用する。翔希は自分が属する協会の組織力に、今更《いまさら》にして舌を巻く思いだった。

まったくテロリストなど抗《あらが》うべくもない。もし彼らが本気になれば、国家とさえ一戦を交えられるのかもしれない。

「わあああっ！　ヘリコプターっすぅ!!」

ランディングするヘリからの風に、僧帽《そうぼう》を押さえたクラリカが笑顔《えがお》で駆《か》け回っているのはさておき……銀髪《ぎんぱつ》をたなびかせ、フェリオールが聞いてくる。

「大陸から呼び寄せるのに少し手間取りましたが……この四機も、今からあなたの指揮下となります」

「ええ……大丈夫《だいじょうぶ》です」

翔希とフェリオールの前には、二百人近い聖騎士《きし》が整然と並び、命令を今や遅《おそ》しと待ち焦《こ》がれている。その頼《たの》もしさに気負いなく頷《うなず》く翔希の姿も、古《いにしえ》の勇者を模したという鮮烈《せんれつ》な青に染め抜かれた衣装《いしょう》。此度《このたび》の作戦に当たり、先ほど与《あた》えられた戦闘服《せんとう》だ。

「吾川は俺が必ず、助け出して見せます」

「ほらほら翔希さんヘリっすよヘリヘリ！」

「あなたを信じますよ、勇者殿《どの》。それでは……」

「司教様ッ！　ヘリコプターっておっきいんですねぇ！　かぁっこいいーっ！」

「フェリオール・アズハ・シュレズフェルの名において我が第十一聖騎士団に命じます」

「あたしこんな近くで見たの始めてっすよぉ！」

「第十一聖騎士団はこれより勇者、長谷部翔希の指揮下に入り……」

「すごいっすねー！　こんな鉄の塊《かたまり》がホントに空を飛ぶんですねー！」

「……」

「もうあれっすよ！　つまんないお話なんかちゃちゃっと切り上げて早く乗ってみたげべ！」

はしゃぎ回ってたシスターの喉笛《のどぶえ》に、司教の錫杖《しゃくじょう》がウェスタンラリアット気味に入ったわけで……目の前で起きた出来事に、聖騎士団がびくりと身をすくめる。その光景に合わせるように、着陸したヘリコプターのエンジン音もぴたりと止んだ。

「あ、あ、あの修道院に戻《もど》ってみますか、シスター・クラリカ」

普段《ふだん》から優《やさ》しげな人が怒《おこ》ると、怖《こわ》い。

それが笑顔のままだと、尚更《なおさら》。

翔希も他人事《ひとごと》ながら息を呑《の》まずにいられない迫力《はくりょく》が、彼の笑顔からは漂《ただよ》っていた。

「お……御恵《おめぐ》みを〜！　御慈悲《じひ》を〜！」

カタカタ震《ふる》えながら首を振るクラリカは、だばだばと涙を流して懇願《こんがん》する。

「……ではお説教で許してあげましょう。覚悟《かくご》して帰ってくるように」

前門に虎《とら》、後門に狼《おおかみ》を見たようなクラリカ。説教の方がまだいいらしく、あうあうと頷くに到《いた》った。

（大丈夫……だよな？）

翔希の自信は、ちょっぴり、揺《ゆ》らぎつつあった。

7　鈴蘭ミサイル。

①

眼下に星空がさんざめいている。

街の明かりだ。

人類の繁栄《はんえい》の象徴《しょうちょう》。闇《やみ》を恐《おそ》れ、闇に克《か》った人間たちが灯《とも》した火は、天上瞬《またた》く星の海にも劣《おと》らぬほど美しい。

その天と地の狭間《はざま》にて、轟音《ごうおん》掻《か》き立て薄雲《うすぐも》切り裂《さ》く鋼鉄の一群。輸送ヘリの中で、翔希は天地の星明かりを眺《なが》めていた。

「鈴蘭さんのことでも考えてるんですか？」

ヘリが浮《う》き上がった当初こそ、懲《こ》りもせずはしゃぎまくっていたクラリカだが、今となってはすることもなく落ち着いたらしい。

「いや……そんなんじゃないさ」

「そうですか。でも、ひどい目に遭《あ》ってないといいっすねぇ」

それについては同感だった。

宿敵、伊織貴瀬——人を人とも思わず、老若男女《ろうにゃくなんにょ》すら考慮《こうりょ》しない奴《やつ》だ。鈴蘭も、一人の女の子として扱《あつか》われているかさえ疑わしい。あんな女の子でさえ、組織の備品ぐらいに思っていてもおかしくないのだ。

《降下地点まで五分を切ります！　出撃準備《しゆつげき》、願います！》

操縦室からのアナウンスに、重厚な足音が機内に起こった。

鋼《はがね》の蚊《か》トンボに比べれば、その腹にいる重鎧《じゆうよろい》たちは、あまりに型遅《おく》れなシルエットだった。

だがその鋼板はライフル弾《だん》さえ貫通《かんつう》すること叶《かな》わず、純白のマントは一千度のバーナーでも焦《こ》がすことすら不可能。しかして腰《こし》に提《さ》がった長剣《ちようけん》は、紙のように岩をも貫《つらぬ》く。

左肩《ひだりかた》の不自然に巨大《きよだい》な肩当てには聖騎《き》士《し》団の剣十字、そしてⅪのマーキング。

東南アジア海域においては海賊行為《かいぞくこうい》を殲滅《せんめつ》し、神威《しんい》の名の下《もと》、海賊どもを鮫《さめ》の餌《えさ》と変えてきた第十一聖騎士団である。

（聖騎士……か）

光と神の名の下、殺すことは許されるのか。問えば彼らは一言で答えるだろう。

可、と。

聖騎士たちは緞帳《どんちよう》のような純白のマントを引きずり、降下ハッチに向かい整列していく。間近に見る暗い目庇《まびさし》の奥に、彼らの表情は覗《のぞ》けない。生気など感じられぬほどの、機械的な統率に翔希は気圧《けお》された。

しかし首を振《ふ》り、勇者は鉢金《はちがね》を締《し》め直す。

彼らは翔希が、フェリオール司教より預けられた神兵だ。

今や一人の少女を救い出す決意には躊躇《ためら》いも、揺《ゆ》らぎも無い。共に死線をくぐってきた剣の柄《つか》がそこにある。

《残り三分！》

地獄《じごく》の釜《かま》でも開けるように、ハッチが開き始めた。ローターの爆音《ばくおん》と同時、高空の冷気が機内に吹《ふ》き込んでくる。

「よし、ではこれから……！」

立ち上がった翔希が声高《こわだか》に叫《さけ》んだ矢先だった。ハッチの横に立ったクラリカが、長いスカートと髪《かみ》とを大きくはためかせながら拳《こぶし》を突き上げる。

「いいか貴様らーっ！　貴様らは聖戦の犬だーっ！　貴様らが受けてきたヘドみてえな訓練は全部この日のためだーっ！　ありったけの悪党どもを殺して殺して殺しまくって殺されちまえーっ！　貴様らの魂《たましい》はすべからく神威に浄化《じょうか》され主の御許《みもと》に飛んでいくのだーっ！」

「「「おおおっ!!」」」

騎士団が野太い咆哮《ほうこう》でクラリカに呼応する。

「おい、クラ……」

《残り一分です！　カウント入ります！》

「びびるんじゃねえぞーっ！　着陸に失敗するような変態野郎《やろう》は自傷行為とみなして置いていくからなーっ！　司教様のねぎらいも冷えたビールも私みたいな可愛《かわい》いシスターのチュウも一

生無しだーっ！」

「「「おおおっ!!」」」

《五、四、三……降下地点です！》

「よおおおっしゃあああああっ!!　行っけえ野郎どもぉっ!!」

何が嬉《うれ》しいのか、弾《はじ》けるような笑顔《えがお》でクラリカが夜空を指差す。騎士たちが連弾《れんだん》となって飛び出し、月光受けるパラシュートの華《はな》を夜空へと咲《さ》かせていく。後続のヘリからも重鎧どもが降っていく。

「ゴーッ!!　ゴーッ!!　ゴーッ!!」

ぐるぐる腕《うで》を回して叫ぶ彼女の肩へ、翔希は手を置いた。

「クラリカ……」

「あ……」

我に返ったか、照れくさそうにこめかみを掻くクラリカ。

「いやー、一回やってみたかったっすよ。海兵隊ごっこ」

もう少し。ほんとにもう少しだけでいいから真面目《まじめ》なシスターはいないのだろうか。

そんな諦《あきら》め半分の考えに翔希は首を振り、

「いや……いいけどさ」

「そうっすか？　んじゃ、あたしも行くっすよ！　下で会いましょう翔希さん！」

最後の騎士に続き、ぴょんっ、と緊張感《きんちょうかん》の欠片《かけら》もない跳《と》び方で、クラリカが夜空へ呑《の》み込まれていく。

翔希もまた、嘆息《たんそく》を決意の気合に変えてダイブした。

(待ってろ、吾川……!)

②

「ふん。バカどもが大量に降ってきたな」

明かりを落とした教室で、伊織が双眼鏡《そうがんきょう》を覗いている。窓際《まどぎわ》に張り付いた鈴蘭も、森に降り注ぐ、タンポポの綿毛にも似た落下傘《らっかさん》の群れを見た。

少しして、空気を叩《たた》くようなヘリコプターの音が屋敷《やしき》の上を通過していく。

「情報では搭乗《とうじょう》した聖騎士は約二百。陣頭《じんとう》指揮は仮初《かりそ》めの勇者にして世紀のクソガキ長谷部翔希一匹《ぴき》。他《ほか》、異端審問会《いたんしんもん》第二部のイカレシスター、クラリカが一匹だ」

教卓《きょうたく》へ戻《もど》った伊織が照明を戻す。

教室の正面には、『ブリーフィングルーム』とレタリングされた看板が下げられている。

緊張の面持《おもも》ちで席に着いた鈴蘭。

伊織の隣《となり》で、未《いま》だ不安そうに闇夜《やみよ》を見詰《みつ》めるみーこ。

ぼんやりとして部屋の隅《すみ》など見ている沙穂。

膝《ひざ》の上でみかんを剥《む》いているリップルラップル。

「貴様らやる気はあるのか？」

反応したのは、ふるふると首を振ったリップルラップルのみ。

「有田みかんなの」

一房《ひとふさ》、伊織に見せるように差し出し。

自分で食べて、こくこく頷《うなず》く。

「おいしいの」

「どうして我が社はこう……！　人材に恵《めぐ》まれんのだ！」

今ばかりは鈴蘭も、荒《あ》れ狂《くる》う彼の心中を察してしまった。愚連隊《ぐれんたい》にもほどがある。パラシュートで降りてくるような訓練された兵士、しかも二百人を相手に本当に戦えるのだろうか。

しかもこうして揃《そろ》った面子《メンツ》は、伊織を除くと全員女（うち一人は年端《としは》もいかない子供）である。いや、あのドクターがここに加わったところで、何がどうなるという気はしないが。

「でもたぁくん、社員ってたぁくんだけでしょ。この中の誰《だれ》も、お給料なんて貰《もら》ってないんだもの」

と、振《ふ》り返ったみーこ。

明かされた新事実だが、鈴蘭は驚《おどろ》きもしなかった。

みーこはそもそも人間ではないらしい（浮《う》いていた）し、沙穂もお金を使うようには見えないし、リップルラップルに到《いた》ってはどう見ても就労できる年齢《ねんれい》に達していない。闇の世界に労働基準法があるかは知らないが。

「そんなことは僕もわかっている。だが意味もなくここにいるわけではない。屋敷にいる以上、協力はしてもらわねばならん」

「まあ、大船に乗った気持ちでいるの。これから始まるのは、ちょっとした茶番なの」

どこから来るのかその根拠《こんきょ》。

豪胆極《ごうたんきわ》まりないリップルラップルが、みかんを食べつつ胸を張っている。

（ご主人様って……実は苦労人かも）

「何だ鈴蘭その哀《あわ》れみの目は」

「いえいえ、何も」

「……ふん。まあいい、それでは事前に話したとおり持ち場に着け。事前に話したとおりの役目だけを行え」

リップルラップルがみかんを頬張《ほおば》りながら出て行った。みーこはぽーっとした沙穂を促《うなが》し、連れ添《そ》うように退室。

そして鈴蘭はその場に残った。

手術室で意識を失い、目が覚めるとこの机に寝《ね》ていたのである。事前の話をそもそも聞いていない。

いや、それ以前に。

「どうだ鈴蘭。生まれ変わった気分は」

伊織の言葉で、縛《いまし》める革《かわ》ベルトもあのドクターも、よくできた悪夢ではなかった事を半ば嘆《なげ》きつつ。

「……手術って成功したんですか？」

「どこか痛むところは無いか？」

無い。本当に切ったり貼《は》ったりしたのだろうかと思うほど。麻酔《ますい》が残っている感覚もなければ、どこかに包帯が巻かれている気配もない。

「痛くはないんですけど……ほんとに手術したんですか？」

伊織は教卓に寄りかかるようにして、得意げに眼鏡《めがね》を押し上げた。

「ああ、したとも。君の臓器は大層美しかったそうだ。手術を終えたドクターは赤い顔でひいはあ言いながら悶絶《もんぜつ》してたぞ」

ああ。汚《よご》れちゃったんだ、私――みたいな淀《よど》んだ気持ちになる鈴蘭。

「それで、成功したんですか？」

「大失敗だ」

ごがっ!!

鈴蘭は立ち上がり、机を叩《たた》いて怒《いか》りを表現したつもりだった。しかし自分が思った以上の音の大きさに下を向く。

机は、まるで橋でも落ちたように、二つに折れていた。折れた真ん中の谷の部分は、タイルの床《ゆか》をひび入らせている。

「うわあっ⁉」

思わず飛び退《の》き、鈴蘭はそれを行った自分の手の平をまじまじと見る。しかしそこには何の変哲《へんてつ》もなかった。生命線が短めの、よく見慣れた自分の手の平に過ぎない。

「ししっ……失敗してこんな……なんですか⁉」

「ああ。当初の予定としては魔法《まほう》の一つも使えるはずだったのだがな。彼をしても魔王のそれをコントロールするには到らなかったのだ。辛《かろ》うじて引き出された力は、ごくありふれたもの……すなわち身体能力の強化に回ってしまったらしい」

「ひっ……百万馬力ですか⁉」

「そんなにあるか。そうだな。もうすぐここへ来るクソガキを思い出せ。奴《やつ》の戦いは見たのだろう？」

「あ！　あんな感じなんですか？」

蝶《ちょう》のように舞《ま》い蜂《はち》のように刺《さ》す。確かに霧《きり》の中で見た勇者は、そのような人並み外れた動きを見せていた。

いいかもしれない。

ドリルがギュンギュン回るよりは遥《はる》かに。

③

伊織《いおり》から受け取ったスリムなインカムを装着し……初めての着け心地《ごこち》に軽い違和感《いわかん》を覚えながら、鈴蘭は玄関《げんかん》を出た。

月が笑うような夜だった。春もまだ早いのに、風はややぬるく、体にまとわり付く。

庭を緊張《きんちょう》する足取りで踏《ふ》みしめていくと、閉ざされた門の格子《こうし》を隔《へだ》てて、白銀の重厚な鎧《よろい》が並んでいるのがわかった。鈴蘭の体格と比べれば、総じて一回り以上も大きい。

(うっひゃあ……強そう……)

鈴蘭が伊織に命じられたことは二つ。折々の伊織の指示に従うことと、その範囲《はんい》内でとにかく捕《つか》まらないことだ。

さて、そんな敵の目標たる鈴蘭がいきなり目の前に現れたので、彼らは多少なりの動揺《どうよう》を見せている。あるいは「聖なる巫女《みこ》」、あるいは「聖女様」、またあるいは「鈴蘭様」……厳《おごそ》かな呟《つぶや》き、囁《ささや》きは決して不快なものではない。

いま求められる喜びと、これから使い減らされる嫌気《いやけ》との葛藤《かっとう》の中、鈴蘭は門から少し離《はな》れた場所でなんとか理性を保ち、立ち止まる。

「えと……あの……」

「聖女様。我等はフェリオール司教よりあなた様をお迎《むか》えするよう申し付けられし者どもにございます」

門の外、騎士《きし》たちは一糸の乱れもなく頭を垂れ、跪《ひざまず》く。

「なにとぞ、そのままこちらへおいでくださいませ」

「え……と。行かないと……あの……」

彼が喋《しゃべ》っていたのだろう。中央の一人が頭を上げて、暗い目庇《まびさし》の奥から鈴蘭を覗《のぞ》いた。

「少々、手荒《てあら》な事態となりますれば」

（……）

その言葉に迷いはなかった。ただ、翔希のような熱意もなかった。そして借金取りのような人間味もない。

なんというか、薄《うす》ら寒いのだ。

鎧の中身はロボットでした……ということは先の彼らの驚《おどろ》き、どよめきを考えればないだろうが、もしそうだとしても、鈴蘭は容易に信じられそうだった。

聖女になっても、こんな人たちばかりの世界というのは味気ないのではなかろうか。

「でも私、行きたくありません。私は……普通《ふつう》の暮らしに帰りたいだけなんです。ご主人様は、帰ってもいいって。約束してくれました……」

「何を吹《ふ》き込まれたかは存じませんが」

喋り役の一人が剣《けん》を抜《ぬ》きながら立ち上がると、他《ほか》の全員も起立する。

「神威《しんい》を妨《さまた》げること、何者も能《あた》わず」

一振《ひとふ》りだ。

門の鉄格子が眩《まばゆ》い電光を散らし、切り裂《さ》かれる。

（ひえええええっ……！）

伊織は、翔希ならば車ごとき真っ二つにできると言ったが……本当にそうなのだ。そういうことがあり得《う》るのだこの闇《やみ》の世界では。

「高圧電流か。下らん小細工を」

彼はまだ火花を散らしている門をガントレットに覆《おお》われた手で平然と掴《つか》み、こじ開け、分け入って来る。彼に続いて、がしゃん、がしゃん、鎧の音が合唱し、大挙して庭の中へ押し寄せる。

「大方、あなた様を以《もっ》て我らを説得し、追い返そうとの魂胆《こんたん》。伊織とやら、我らを前に逃《に》げなかったことだけは褒《ほ》められましょうがあまりに下劣《げれつ》。さあ聖女様。鈴蘭様。これ以上魔に染まってはいけませせぬぞ」

甲冑《かっちゅう》の中で反響《はんきょう》するせいか、声は朗々と響《ひび》く。歩み寄り、差し伸《の》べられる手。

「いや、あの、ほ、ほんとに、帰ってください……」

「仕返しでも恐《おそ》れているのですか？　それは無用なご心配。悪は全《すべ》て浄化致《じょうかいた》しますれば」

「じょうか？」

「我らこそ主に選ばれたる者どもでございます。伊織貴瀬とその一味の魂《たましい》は今宵《こよい》、我らが剣によって浄化されるのです」

鈴蘭は、自分の頭が妙《みょう》に冷めていくのがわかった。

伊織は嫌《きら》いだ。でもこいつらとは、好き嫌い以前に、合わない。

インカムからの声。伊織が急《せ》かすのを、渋々《しぶしぶ》、鈴蘭は従った。

「知りませんよ!?　どうなっても！」

鈴蘭は彼らに背を向け、玄関めがけて駆《か》け出した。

それがびっくりするほど速い。自分の足が。風の上を駆けているような気持ちだ。

（これが、引き出された……秘《ひ》められた力……？）

しかし感動は一瞬《いっしゅん》。騎士らも駆けてくる。あれだけ大袈裟《おおげさ》な装備だのに、速度は鈴蘭とほとんど変わらないのだ。

自分のことをさておいて言えば、人間がその速度で走るのは気味が悪い光景だった。

門からだけではない。五メートル近い高さがある塀《へい》を跳《と》び越《こ》える者もいる。事前に部隊を塀の外で分け、侵入《しんにゅう》していたのだろう。館《やかた》の左右からも、三方から鎧たちが大挙して来る。

（やばっ、やばっ、やばっ……！）

そして鈴蘭は玄関《げんかん》のドア目掛《めが》けて跳んだ。

これがオリンピックであれば……ただの異常事態、と呼べるほどの距離《きより》を滑空《かっくう》。

逃げ場を与《あた》えぬために、横隊で駆けてきたのが彼らの失敗である。

落とし穴。それも玄関を囲む堀《ほり》のような。

後ろと、左右から迫《せま》っていたコの字の計三列は、ほぼ同時に、見事なほど一瞬でその姿を消した。後、落とし穴を縁《ふち》どるような爆発《ばくはつ》。先遣《せんけん》の様子に足を止めた後続はあるいは吹き飛び、あるいは土砂《どしゃ》と一緒《いっしょ》になって、やはり穴に落ちていく。

トラップの深さは十数メートルだそうな。

バイクで吹き飛んだ翔希が死んでなかったらしい事を考えれば、やはり彼らもそうなのだろうが……しかし脱出《だっしゅつ》は容易ではあるまい。

《いい子だ鈴蘭。よくやった》

「は、はい……」

《君は一旦戻《いったんもど》れ》

④

鈴蘭は監視室《かんし》と伊織が呼ぶ部屋に入った。

明かりは無く、壁面《へきめん》にずらりと並んだモニター群が照明の代わりとなっている。画面には鈴蘭の見慣れた景色もあれば、こんな所あるの？　というような場所まで映っていた。

「くくっ。押し潰《つぶ》すしか能の無いバカどもが。装備を過信するから、こんな単純な手に引っかかる」

鈴蘭も彼らと対峙《たいじ》するに当たり、伊織から話は聞いていた。

彼らはその鎧《よろい》の、世俗《せぞく》の想像を絶する硬度《こうど》を以て敵を真正面から包囲し、銃火《じゅうか》程度は弾《はじ》きながら輪を狭《せば》め、撃滅《げきめつ》するという。聖騎士《きし》の名が広まっている闇の世界では、たった一人が抜刀《ばっとう》した音で敵勢力が投降したという逸話《いつわ》まであるらしい。もっとも、投降後の彼らの運命までは聞かされていなかったが――現実に彼らと相対した今の鈴蘭には、なんとなく想像がついた。

今、画面の一つにロビーが映っている。惨禍《さんか》を逃《のが》れた最後続だろう、落とし穴を飛び越えるなりした騎士たちが乗り込んできていた。そのど真ん中にぽつんと立っているのは、鈴蘭と同じインカムを付けた一人のメイド。腰《こし》には一振りの刀。右目をバンダナで隠《かく》し、残る左目はまるで見当違《ちが》いな方を眺《なが》めている。取り囲まれた少女は、あまりに小柄《こがら》で華奢《きゃしゃ》である。

「あの……私も手伝いに行った方が……？」

「気持ちは嬉《うれ》しいが、君まで切られたらシャレにならん」

「イエス……了解《りょうかい》ですマスター」

さて、その沙穂に色々と詰問《きつもん》を試みていた騎士団だったが、やがて普通《ふつう》でないことが知れたのだろう——剣《けん》を抜《ぬ》き、振《ふ》り上げる。

「軍曹《ぐんそう》。得物のみ切ってよし」

伊織がマイクに向かって一言喋《しゃべ》った。

⑤

悪に与《くみ》する者が聖騎士と鉢合《はちあ》わせれば、結果は一つしか残らぬのだ——その言葉を真実のままとするために、彼は今夜も剣を振るおうとした。

「了解であります、主《ぬし》さま」

突如《とつじょ》目を覚ましたような少女が刀の柄《つか》に手を掛ける——同時、剣がすっぽ抜けたような感覚に、騎士は自分の手を見た。柄しか握《にぎ》っていない己《おのれ》の手を。

「馬鹿《ばか》なっ……!?」

言ったときには、彼の眼前から少女は姿を消している。断たれた刀身が床《ゆか》に刺《さ》さった事さえその後だ。

すかあっ！　と身のすくむ音響《おんきょう》に振り返る。

別な者の剣が、やはり断たれていた。太刀《たち》筋の軌跡《きせき》を残すように、その騎士の鎧には浅い切れ目が残っている。

「ミスリル合銀を切るというのか⁉」

驚愕《きょうがく》しか言葉にならない。

あまりにも早かった。誰《だれ》かが振り上げようとすれば振り上げる前に、切り上げようとすればその構えを取る以前に。

少女は癖《くせ》っ毛をなびかせ、激しく身を転じて太腿《ふともも》もあらわになるほどスカートを翻《ひるがえ》し、片目を嬉々《きき》と輝《かがや》かせ林立する騎士たちの間を縫《ぬ》い、剣を断っていく。

「なんだコイツはっ……⁉」

その騎士は叫《さけ》んでいた。

過ぎたのは一時間か二時間か。否《いな》。まだ一分かそこらでしかない。たったそれだけの時間で、突如にやけ始めたこの少女はその場の全員の剣を全《すべ》て、叩《たた》き切ってしまっていたのだ。

が。

「……？」

それきり、ぴたりと動きを止めてしまった。

◆

「いかん」

「へ？」

伊織の呟《つぶや》きに嫌《いや》な予感がした鈴蘭。

「沙穂は素直《すなお》ないい子だが……切るものを切り終えるとああだ」

「どっ、どーするんですかっ⁉」

「鈴蘭。君は真っ二つの死体というのは……」

ぶんぶんぶんぶん、とインカムの飛んでいきそうな勢いで首を振る。

「そうだろうな。僕としても、屋敷《やしき》が汚《よご》れるのは好ましくないのだ……」

画面の中、騎士たちもそのあたりの事情を飲み込めたのか、慎重《しんちょう》にだが、ぼんやり立ちすくむ少女に迫《せま》り始めている。剣が無くとも、相手は少女。重厚な鎧に包まれた屈強《くっきょう》な男の手足は凶器《きょうき》だ。

鈴蘭がヒヤヒヤしていると、伊織が苦渋《くじゅう》を込めて叫んだ。

「ええい、止《や》むを得ん！　秘密兵器だ！」

「そんな物があるなら最初か」

鈴蘭が監視室に残した言葉はそこまで。

床にはぽっかりと穴が開いていた。

◆

「手間をかけさせる！　同情するが、次はまともに生まれ変わるがいい！」

一人の騎士《きし》が沙穂の喉輪《のどわ》を掴《つか》もうとした矢先。

「……ぃぃいいいやあああああああっ⁉」

吹《ふ》き抜けの二階の壁《かべ》から下方四十五度の角度でロビーの虚空《こくう》へ飛び出した鈴蘭は、沙穂を取り囲む騎士団の中に突《つ》っ込んだ。

「「「うおおっ⁉」」」

騎士の何人かを横様になぎ倒《たお》し、鈴蘭は行き倒れたように床に這《は》いつくばって静止。

《はっはっはっ！　見たか『鈴蘭ミサイル』の威力《いりょく》を！》

インカムから聞こえる、伊織の喜悦《きえつ》に富んだ声に意識を取り戻《もど》し、鎧《よろい》にぶつかったあちこちの痛みを堪《こら》えつつ起き上がる。

(見たかって……私だし！　飛んだの私だし痛いの私だし！)

《ちなみに、鈴蘭ミサイルはバージョン4まである我が社の最新鋭《さいしんえい》装備で……》

「バーカ!!　バーカ!!　たぁくんのスーパーぶぁ――――かっ!!　くたばれこのメガネぇっ!!」

もちろんインカムからの伊織の声は騎士たちには聞こえていない。しかし鈴蘭の絶叫《ぜっきょう》はロビーいっぱいに響《ひび》き渡《わた》っている。突如《とつじょ》降って来た聖女の奇行《きこう》に、聖騎士らは唖然《あぜん》。捕《と》らえることも忘れて右往左往。

《あー……鈴蘭。吾川鈴蘭君。たった今『鈴蘭ミサイル』をバージョン9・3まで思いついた。開発も完了《かんりょう》した。これから全てのバージョンの実弾テストをするからさっさと戻って来い》

最後に彼の歯軋《はぎし》りと、バキリ、と何かが思い切り壊《こわ》れる音。

「いぃやぁでぇすぅうううううっ!!」

《だったら沙穂を連れて走れこのクソバカ給仕《きゅうじ》がぁっ!!》

「はいぃいぃいぃいっ!!」

鈴蘭はぼんやりと床《ゆか》に座る沙穂を回収すると、一目散に逃《に》げ出した。スピードもさることながら、沙穂の体は布団《ふとん》か何かのように軽く感じられたのだった。

⑥

一方その頃《ころ》、落とし穴では聖騎士団が不屈《ふくつ》の闘争《とうそう》心と日頃の訓練によって培《つちか》われたチームプレーで、トラップからの脱出《だっしゅつ》を計っていた。組み体操のように人間ピラミッドを作り、落差を越《こ》えようというわけである。

何しろこのトラップのおかげで三分の二という大多数が脱落したのだ。情けない話、そして幸か不幸か、人数には事欠かなかった。

「クソ……！　おい小隊長。次からはロープなどのサバイバル用具も装備に加えるべきだと思わんか？」

「はっ……いえしかしです、ロジャー団長。よいしょ……そのような俗世《ぞくせ》の品を身につけては、我ら聖騎士の威厳《いげん》が損《そこ》なわれるかと……こらしょ」

「うむ、それは道理だ……ふぬっ」

しかし二十メートル近い落差は、落ちてもすごいが登ってみても凄《すさ》まじい。

奴《やつ》らは選ばれし我らを殺す気か？　汝殺《なんじ》すことなかれの言葉を知らないのだろうか？　最下段の者たちの体力も気がかりだ。急がねば……。

「おい、下！　揺《ゆ》らすな！　よし小隊長、そのまま動くなよ……！」

騎士団長は十……数えるのも面倒《めんどう》なほど積み重なったピラミッドの最後の一段、小隊長の肩《かた》に乗って地上へと手を伸《の》ばす。

「見よ！　主の御《ご》加護がここにあらん！」

団長が懸垂《けんすい》の要領で、穴から頭を出すと……そこに小さな女の子がいた。まだ五歳か六歳かという、可愛《かわい》らしい少女だ。そしてその女の子、なぜか手に金属バットを引きずっていた。

「……何だ君は？　邪魔《じゃま》だ、そこをどきなさい」

まあまあ、となだめるような仕草をしつつ、女の子は目と鼻の先まで近付いてくる。

「子供がこんな時間に起きているものではない。お父さんとお母さんは？　こんな小さい子をほったらかして……神威《しんい》を知らしめねばならんな！」

女の子は団長の兜《かぶと》を見下ろしたまま、ふるふると首を振《ふ》る。

「親がいないのか？　……さては伊織という男、孤児《こじ》を拾って手先に育てているのか⁉　何と卑劣《ひれつ》！　犬にも劣《おと》る！」

「ロジャー団長、さっきからなにをぶつぶつと……？　はやく、下が持ちません……！」

「あ、ああ、いや……とにかく邪魔だ！　君、どきなさい！　どかないと神罰《しんばつ》が下るぞ！」

女の子は再び、まあまあ、と団長をなだめるようにして。おもむろに金属バットを持ち上げる。

聞かれた少女は、月夜に掲《かか》げたそれを確認《かくにん》するように見上げて……団長に向き直る。

「……なんだそれは？」

「金属バットなの」

「そんなことは見ればわかる！」

「ミズノ製なの」

「そんなことは聞いておらん！」

「打つ、叩《たた》く、殴《なぐ》るが……何とこれ一本で可能なの。驚《おどろ》きの、超特価《ちょうとっか》なの」

バットをじっと見詰《みつ》める少女は、無表情ながらどこか満足げ。

「それは全部同じ意味……なっ、まさか⁉」

「今宵《こよい》のミズノは、一味違《ちが》うの。いい感じなの」

ぶん。と、素振《すぶ》り。幼い見かけからはちょっと信じられないスイングスピード。

「待て！　待ちなさい！　話せばわかる！」

でも……と言いたげに、少女は小首を傾《かし》げる。

「でもじゃない！　いいか！　人間にはやっていいことと、悪いことがある！　君が今やろうとしているのは、主が天地を創造されて以来最も……！」

「だっ、団長……！　急いで……！」

「黙《だま》れっ！　貴様らはそれでも聖騎士《きし》か！」

足元が不安定になっているのは団長もわかっていた。しかしここでたった半歩でも間違えば、全《すべ》ては泡《あわ》と帰するのだ。

どうしようかな……とでも言うように、少女はバットをゆらゆら揺らしている。

「さ。さ、それをそこに置いて、そこを離《はな》れなさい。何も怖《こわ》くないから。我々は……」

「決めたの」

「そうか！　それはよかった、では……」

「思いっきりいくの」

コツンといくか、力の限りか、で迷っていたらしい。

「ランディ・ジョンソンなの」

「ランディ・ジョンソンは投手……!!」

すぱがぁっ!!

うわぁぁぁぁ。

ぎゃあぁぁぁ。

ひえぇぇぇぇ。

そして崩《くず》れ落ち、折り重なる鎧《よろい》の、騒音《そうおん》。騒音。騒音。

「……楽しすぎるの……」

少女は穴の底を覗《のぞ》き込みながら、こくこくと頷《うなず》いた。無表情に。でも言葉どおり、どこか楽しげに。

⑦

「なっ……ぜえ、ぜえ、なんて速さだ……」

聖なる巫女《みこ》はものすごいスピードで走り去り、廊下《ろうか》の角を曲がって姿を消した。

「あ、ああ……はあっ、はあっ、それになんて広さなんだこの館《やかた》は……」

スタミナが尽《つ》きた二人の騎士は、壁《かべ》にもたれて息《せ》急き切るのが精一杯《せいいっぱい》だ。

そもそも重鎧《じゅうよろい》というのは戦闘《せんとう》のための防具であり、走るためのそれではない。この第四装具は、他の騎士団の装具より重量級だ。いざ戦闘となればこそ、左肩《ひだりかた》の複合ミスリル鋼板製ショルダーシールドは五十口径ライフル弾《だん》でも弾《はじ》き返す頼《たの》もしさだが、走る上ではバランスの悪い荷物でしかない。

かといって敵の戦力がいかばかりかも測れぬ現段階では、それらを脱《ぬ》ぎ捨てることも危険すぎた。あの片目の少女の尋常《じんじょう》ならざる能力が全てを物語っている。いざ彼女の目標が人体へと切り替《か》わったとき。あるいはそれに匹敵《ひってき》する脅威《きょうい》が現れたときには……。

その一人は、ぞっと体を震《ふる》わせた。

勇者の手を煩《わずら》わせるまでもない、と主張する騎士団長を御《ぎょ》したフェリオール司教が、その帯同を頑《かたく》なに勧《すす》めたのも、わかろうというものだ。拳銃《けんじゅう》を携帯《けいたい》したシスターにどういう意味があるかは不明だが。

「……あのクラリカってシスター、かわいかったなぁ」

と、同じ事を考えていたのか、相方が言う。

「そうだなぁ……聖女様を捕獲《ほかく》できれば、ホントにチュウくらいしてくれるかもな」

血で血を洗う戦場ばかりを流転し、神殿《しんでん》へ帰ってきては厳しい戒律《かいりつ》に身を置く聖騎士《きし》だ。案外、彼女は、殺伐《さつばつ》とした心を癒《いや》すためのマスコットかもしれない。銃はただの護身用だろう。考えても始まらぬことはそこまでとして、彼は再び駆《か》けるべく一歩を踏《ふ》み出した。

同時に目前の扉《とびら》が開く。

殲滅《せんめつ》、撃滅《げきめつ》を数多《あまた》こなしてきた騎士は驚《おどろ》きすらなく身構え、ショルダーシールドの中へ手を忍《しの》ばせた。非常用の短剣《たんけん》を抜《ぬ》くか、投擲《とうてき》ダガーを放つか……だが。

かちこん。

そんな音と同時、相方が崩れ落ちる。ドアは注意を向けるためのブービートラップか？

はっと背後を振《ふ》り返ると、そこには柄《え》の長いハンマーを持ってリュックサックを背負った、メイド姿の美女が一人――浮《う》いている！

「な！　魔人《まじん》!?」

魔導力を秘《ひ》めた、人の姿をした人ならざるもの。それが文字通りの魔人である。魔の中では高位に括《くく》られ、その戦力は枢機卿《すうききよう》を警護する聖騎士の最高峰《さいこうほう》〝大強者〟にも匹敵するという――。

女の、何かを憂《うれ》える悲しげな顔は、ともすれば彼女こそ世を救う聖女ではないかと錯覚《さつかく》してしまうほどだが……油断はならない。美しい容姿は、それが幻覚《げんかく》であれ真実であれ、魔人の常套《じよう》《とう》手段であると聞いている。

騎士は初めて対峙《たいじ》した魔人に畏怖《いふ》を禁じ得なかったが、それでもショルダーシールドより短剣を抜き放った。

「く……喰《く》らえ神威《しんい》の剣をっ!!」

「あの……嫌《いや》です」

かちこん。

それで騎士は倒《たお》れ伏《ふ》した。ほっ、と胸を撫《な》で下ろしたみーこは、リュックサックから取り出した手錠《てじょう》で騎士らの手足を拘束《こうそく》する。

「こんな乱暴なこと、したくないのに……」

《だが君には、この家との契約《けいやく》がある》

インカムからの伊織の声に、反論。

「そういう問題じゃありません。いけない事は、いけないんです」

《そうか。だが悪の組織だからなぁ。いけない事をしなければならんのだ》

「たぁくん、ヘリクツばっかり。昔は可愛《かわい》かったのに」

少しむくれて、みーこは歩き出した。

《悪いが僕は昔のことなんて覚えていない……だが不思議なことに、昔の君は知っているのだ。聞きたいか?》

「……」

《そうだな。聞きたいはずがない。君は望んで過去を忘れたのだ。そして僕も、思い出したくない》

みーこは重い重い溜息《ためいき》を吐《つ》いた。

⑧

また一方、その頃《ころ》。

聖騎士たちはめげもせず二度目のピラミッド製作にかかっていた。大分いいところまで積み上がってきた穴の中を覗《のぞ》き込み、リップルラップルは、えっちらおっちらピラミッドを登ってくる二人へ声援《せいえん》する。

「諦《あきら》めたら、そこでおしまいなの。頑張《がんば》るの」

「貴様が言うかぁっ!! いいか、そこを一歩も動くんじゃないぞ! 貴様のような悪童には神威によるお仕置きが必要だ!!」

「ロジャー団長、意味がわかりませんよ……よいしょ。神威のお仕置きなんて……こらしょ」

「黙《だま》れ小隊長! あのような子供を野放しにしておくから、未来は破滅へと向かうのだ!!」

そのときだった。

リップルラップルは気配にはたと顔を上げ、飛翔《ひしょう》してくる二つの影《かげ》を見る。まだ残っていた何者かがトラップを跳《と》び越《こ》えてきたのだ。

立ち上がって迎撃《げいげき》体勢に入るリップルラップル。しかし片やシスターは振り上げられたバットを蹴《け》るように踏みつけ、宙返りをして着地。その隙《すき》にもう一方の少年がリップルラップルを挟《はさ》むように着地。

侵入《しんにゅう》を許してしまった——。

リップルラップルは反省の念に駆られ、こつこつと自分の頭を叩《たた》く。

「不覚なの。遺憾《いかん》の意を、表するの」

無表情にそんな事を述べる少女に、少年が目を見開いた。

「おい、クラリカ！　こんな小さい子まで伊織の一味だって言うのか⁉」

「そうっす。恐《おそ》らく魔人です。神威に反するっすよ。ちゃちゃっと処分しましょう」

クラリカと呼ばれたシスターが大柄《おおがら》な拳銃《けんじゅう》を抜いたのを見て、翔希と呼ばれた少年は立ちふさがる。

「待てクラリカ！　こんな小さな子に何を考」

ぱがぁんっ‼

ジャンプ、後、思い切り金属バットを振り下ろしたリップルラップル。無言で殴《なぐ》り倒した標的は、かばってくれた翔希という少年だった。

リップルラップルは、やれやれ、とでも言うように首を振り。

「まだまだ、あまちゃんなの。一時の安っぽい感情に流されては、よくないの。後悔《こうかい》しつつも、とこしえの眠《ねむ》りにつくといいの」

こくこくと、頷《うなず》きながら勝ち誇《ほこ》る。

「あー……私も同感っすよ、翔希さん」

「ぁ……っつうぅ……」

はっ、と驚愕《きょうがく》するように一歩下がったリップルラップル。

馬鹿《ばか》な。

リップルラップルは慌《あわ》てて自分の手にある物を見た。バットの切れ味が鈍《にぶ》ったのか？　否《いな》。

そこには、確かにミズノのロゴがある。細工をされた様子も無い……ではこの少年は、それを喰らって尚《なお》、立ち上がるというのか？

ありえない……いや、まさか!?

「これが噂《うわさ》の、勇者なの」

こくこく、と頷いたリップルラップル。

涙目《なみだめ》でそちらを振《ふ》り返る翔希。

「ってえ……なんて子だよ……。相手が暴走族でも、ここまで強烈《きょうれつ》なのは受けたことが無いぞ……いてて」

「それが第三世界っす。この子もタダもんじゃないんですよ」

「……そうみたいだ」

剣の柄《つか》に手を掛《か》けた翔希を見て、リップルラップルは身構えた。

相手は強大だ。恐らく敵《かな》いはしないだろう。しかし、ここで退《ひ》くわけにはいかないのだ。

「菊水《きくすい》一号を発動後、玉と砕《くだ》けるの。神風は、わたしに吹《ふ》くの」

「な……んか、不思議な子だな。でも俺は今、君に構っている暇《ひま》はない。悪いけど」

勇者の剣《けん》へと、バットを振りかぶったリップルラップル。軸足《じくあし》にたっぷりと体重を乗せ、残る足を軽く浮《う》かせる。

究極奥義《おうぎ》――!!

「振り子打法なの」

すぱ。

バットは鍔迫《つばぜ》り合いすら演じることなく、出会い頭《がしら》に切断。リップルラップルは九回裏二死満塁《まんるい》のフルカウントから空振りしたようにすっ転んだ。

空っぽのグリップの中を覗きながら、ふるふると首を振る。

「負けたの……でも、もう遅《おそ》いの」

短くなったバットをその場に捨てて、「ふっふっふ」と無表情かつ棒読みに付け加えたリップルラップル。

「なんだって？　それは吾川のことか!?」

こくこく。

「今ごろはもう――」

数十秒経過。

「――で、ドキドキで、ハアハアなの。わたしのスライムも、参加予定なの。それはもう、ちょっとした騒《さわ》ぎなの」

「この子、意味わかって言ってるんですかね……翔希さん、鼻血が出てるっすよー？」

「うるさい!!　おのれ伊織許さん!!」

翔希は憤然《ふんぜん》と流血を拭《ぬぐ》うなり、剣を握《にぎ》り締《し》めたまま玄関《げんかん》の方へ突進《とっしん》していった。

「単純なの」

「おおっ！　さすが勇者殿《どの》だ、あの邪悪《じゃあく》な武器を葬《ほうむ》り去ったか！」

ようやく登《つ》り詰めた団長が、穴から顔を覗《のぞ》かせる。

「おいシスター、なにをボケっとしている！　こっちに来て手伝わんか！」

「……何言ってるんすか。翔希さんの指示を無視して勝手に突《つ》っ込むから、そういう目に遭《あ》うっすよ。敵の出方を計るための、踏《ふ》み台になってくれたことには感謝しますけど。あなたではなく、主に」

「なんだと貴様……？」

団長の声が怒《いか》りに静まった。しかし返されるシスターの声音《こわね》は遥《はる》かに静謐《せいひつ》で、冷たい。

「フェリオール司教の御命《おんめい》により、全権は翔希さんに与《あた》えられていたはずっす。あなたはそれを無視しました。異端《いたん》とみなすには充分《じゅうぶん》過ぎるっすね」

「な……貴様、何者……!?」

「協会にいながら神威《しんい》に反する人は、端《はな》から信じない人よりムカつきますんで」

拳銃《けんじゅう》を抜《ぬ》いたクラリカ。照門と照星が並ぶ延長線上には、団長の頭がある。この至近距離《きょり》なら、目庇《まびさし》の合い間を縫《ぬ》うのは容易《たやす》い。

「……………!」

「天に召《め》しませ」

言祝《ことほ》ぐような笑顔《えがお》で、まさに引き金が引かれようとした矢先――リップルラップルは平然とその銃口の前に進み出て、両手を広げていた。

「まあ、落ち着くの。せっかくここまで登って来たの。少しは彼らの、たゆまぬ努力も酌《く》むべきなの」

「ほんとに撃《う》つっすよ。てかあなたも標的の内なんですけど」

ふるふる、と。

「アーマピアシングも、フランジブルも、断導弾《だん》も、わたしには効かないの。ドラゴンでも連れて出直すの」

クラリカは溜息《ためいき》。

「……翔希さんが先に行ってしまいましたからね。あんまり時間を無駄《むだ》にできないっす。でも邪魔《じゃま》をしたら次は殺《や》るっすよ」

銃を下ろすと、彼女はポケベルのようなものを取り出して操作。それを見ると玄関はぐらずトラップを飛び越《こ》え、館《やかた》の壁面《へきめん》に沿って走り去ってしまった。

ふう、と汗《あせ》を拭う仕草のリップルラップル。

「危ないところだったの」

「す……すまない。助かった……」

胆《きも》を冷やしたような団長の声に、リップルラップルはふるふると首を振《ふ》った。

「気にすることは、ないの。わたしの楽しみを、取られたくなかっただけなの」

「楽しみ……？　まさか⁉」

「くじけちゃ、いけないの。涙《なみだ》の数だけ、強くなるの」

げし。

わあぁぁぁぁ。

ひぃぃぃぃぃ。

ぎゃぁぁぁぁ。

「楽しすぎるの……」

リップルラップルの一蹴《け》りで、ピラミッドは再び崩壊《ほうかい》した。

8

一斗缶《いっとかん》(中身入り)。

①

さて、屋敷《やしき》の中には落とし穴のようなトラップは一切《いっさい》なく、故《ゆえ》に鈴蘭は聖騎士《きし》団を振り切るともなくロビーから追い立てられていた。

伊織の指示に従って沙穂を道すがらの一室に放《ほう》り込んだ後は、堂々巡《めぐ》りなのか、そうでもないのか、似たような景観の廊下《ろうか》を行ったり、来たり、階段を上がったり、下がったり。

ひょっとしてこのまま残る二日を過ごせというのだろうか…というほどの間走り回っていた。ゴールの見えない逃走劇《とうそう》は、陸上部の地獄《じごく》のインターバル特訓を思い起こさせる。代わり映《ば》えのしない景色のグラウンドを延々と走り続けるのだ。休憩《きゅうけい》以外は全速で。

廊下の角を曲がって一休み。騎士が近付いて来たら即《そく》ダッシュ。全く一緒《いっしょ》だ。

「ご主人さまぁ……」

《いつだかより俄然《がぜん》いい声だ、鈴蘭》

コイツいつか殺ス。

そんな殺意も芽生えやすくなる疲労《ひろう》度。

しかし気が付けば、騎士たちの足音も一つ減り二つ減り。三階から一階に降りて少しすれば、よれよれとゾンビのような歩き方の二、三人が、廊下の遠くに見える程度になっていた。

「はあっ……はあっ……」

立ち止まって息を整える鈴蘭。

（ああ。そっか……）

彼らは協会の、言わば兵士。戦闘時《せんとう》の瞬発力《しゅんぱつりょく》に重点を置いた訓練をしていると思われた。

であれば速筋か遅筋《ちきん》かといった筋肉の質も、その付き方も相応のものになるわけで……と部の顧問《こもん》の講釈《こうしゃく》などが鈴蘭には思い出される。剣《けん》を振《ふ》るえるような上半身の筋肉は、長い時間走るには重いだけだろうし。

短距離《きょり》から長距離まで、トラック競技をコンスタントにこなしていた鈴蘭には、身につけている装備の関係もあろうが、端《はな》から及《およ》ぶべくも無いのだ。これだけの時間を追走できたことは闇《やみ》の世界の業《わざ》か、でなければ奇跡《きせき》だろう。

そうして、汗を拭《ぬぐ》い、ブラウスの襟元《えりもと》を開いて火照《ほて》った体に風など送っていると、騎士の一人があっと声を上げた。彼が差し掛《か》かったT字路、鈴蘭から見えない廊下の角へと剣を構えた彼は、柄《え》の長いハンマーのようなものでぶん殴《なぐ》られ、昏倒《こんとう》。

いや、そのスリムな形状は瀟洒《しょうしゃ》なゲートボールスティックとでも言うべきか。持ち主はみーこであった。ふわふわ浮《う》いて、少し悲しそうな表情で、スタミナ切れの騎士たちをかちこん、かちこん、叩《たた》き、気絶させていく。

「鈴蘭ちゃん。これで全員かしら」

優《やさ》しい彼女のことだ、殴る程度でも苦痛なのだろう。鈴蘭が笑顔《えがお》で頷《うなず》くと、苦行から解放されたごとく、みーこは微笑《ほほえ》んで溜息《ためいき》する。

「……それよりみーこさんて何者ですか？」

ヘルメット越《ご》しだというのに騎士どもを殴り、気絶させる様は、圧巻の一言に尽《つ》きた。

「幽霊《ゆうれい》……とか？」

「……」

「……」

「そう。……知って……しまったのね？」

「いや！　うわ！　あの！　嘘《うそ》です知ってません見てません！」

鈴蘭が手足をじたばたさせるうち、みーこはくすりと微笑む。

「冗談《じょうだん》ですよ。幽霊っていうのはね、ほら。沙穂ちゃんがいつも眺《なが》めているような……」

「……え？　えええっ⁉」

そんな当然のように言われても見えないし。

「私が何なのか……たぁくんからは聞いてないの？」

「へ？　ええ、まぁ……」

「そう。私、実は魔人《まじん》らしいんです」

さて、また奇妙《きみよう》な単語が出てきたぞ、と。鈴蘭は内心でげっそりする。らしい、と言ったのは、やはり記憶《きおく》があやふやだからだろうか。

　みーこは背負ったリュックから手錠《てじょう》を取り出すと、騎士の一人一人の手足を拘束《こうそく》していく。数が減っても増えることがなかったのは、彼女がそうしてきたおかげらしい。

「魔人って？」

「たぁくんが言うにはね、体の中に魔導力を持った人たちのことなんですって」

「……」

　なんかもっともらしい理屈《りくつ》ではあるが。

　それだと自分も負位置の魔力とやらを持っているのだから……ああもういいや。バカらしい。

「みーこさん、ご主人様に騙《だま》されてるんじゃ……」

　言いかけたとき、鋭《するど》い声が二人の耳朶《じだ》を打った。

《鈴蘭、いつまで足を休めている！》

「へ？　でも騎士団はもう……」

《いいから走れ！　くそっ、あのイカレが！》

　轟《とどろ》いた銃声《じゅうせい》に、鈴蘭は弾《はじ》かれたように窓の外を見る。否《いな》、外から鉛弾《なまりだま》が埋《う》め込まれたような窓、そのものを。

　何事かを鈴蘭が理解する前に、次には銃声はマシンガンのように連発し、防弾《ぼうだん》ガラスは軋《きし》み、歪《ゆが》んで、ひびを広げていく。

やがて悲鳴を上げて破砕《はさい》。

「見つけたっすよ、鈴蘭さん」

砕《くだ》けるガラスが月光に美しい窓枠《まどわく》の外、ライフルのようにモーゼル拳銃《けんじゅう》を構え、僧服《そうふく》と硝煙《しょうえん》を風になびかせたシスターが一人。

弾倉《だんそう》を入れ替《か》えると、引き金を引きながら駆《か》けて来る。

「伏《ふ》せてっ」

みーこが鈴蘭を押し退《の》け、離《はな》れさせた。彼女がハンマーを動かす先々で、きんっ、と金属同士のぶつかり合う鋭い音が響《ひび》く。

(うそっ……弾いてる……⁉)

《何をしている鈴蘭！　逃《に》げろ！》

言われるままの足の動きに勘《かん》付いたか、クラリカが叫《さけ》ぶ。

「そうはいかないっす！　翔希さん！」

尋常《じんじょう》ならざる速度で、勇者は廊下《ろうか》の角から駆け出してきた。彼は稲妻《いなずま》のように廊下を走り抜《ぬ》け、みーこの眼前に肉迫《にくはく》。

「うおおおっ‼」

「懐《なつ》かしい……」

勢いに乗じて振り下ろされる剣に対して、みーこが目を細めて呟《つぶや》き、両手で得物を構えた。

火花の音が響き渡《わた》る。柄《え》は勇者の剣を受け止めるが、みーこは勢いに押し切られ、吹《ふ》き飛び、壁《かべ》に背から叩きつけられた。

その隙《すき》にクラリカが、窓を一飛びする。

《軍曹《ぐんそう》切れぇッ!!》

伊織の声がインカムに響いた。翔希が現れたのとは反対の方角から、片目の少女は腰《こし》の刀に手を掛《か》けたまま、嬉々《きき》として躍《おど》り出る。

「了解《りょうかい》であります、主《ぬし》さま」

あまりに速い。翔希以上か。

長いスカートをものともしない大股《おおまた》で、地を這《は》うような低姿勢で疾駆《しっく》、風のように鈴蘭の前を駆け抜けると抜刀《ばっとう》。

横薙《よこな》ぎの刃《は》は宙を舞《ま》うクラリカへ向く。

シスターは寸前で頭上の窓枠に手を掛けて逆上がり、紙一重《ひとえ》で白刃《はくじん》をかわし沙穂の頭上を舞う。

「させるかっ！」

刀が天井《てんじょう》へ角度を変えようとしたのを見計らい、翔希が沙穂目掛けて一歩踏《ふ》み出した。片目の少女は瞳《ひとみ》だけをそちらへ動かし、足元の鎧《よろい》を無造作に蹴《け》り上げる。

「く!?」

浮《う》き上がった騎士《きし》の体を盾《たて》とされ、寸前で刃を引く翔希。鎧の陰《かげ》に隠《かく》れた沙穂が身を沈《しず》め、床《ゆか》を擦《こす》らせた切っ先を一息に持ち上げた。

目と鼻の先、からがらに切り結んだ翔希。

一瞬《いっしゅん》。沙穂がその場で回転し、別の角度から再び刃を叩《たた》きつける。

「強いであります」

沙穂の左目はいっぱいまで開かれ、鍔迫《つばぜ》り合いに歯を食いしばった口の端《はし》は、大きく持ち上げられていた。

沙穂は異常だ。だがそれを見切って再び防いだ翔希も尋常ではない。鈴蘭の目にはそれまでの一連がコマ落としにしか映らない。

翔希は沙穂の斬撃《ざんげき》を受け、流しながらも押されていく。決定打を出せないのだ。鈴蘭だって、彼が人を切るところなど見たくない。

銃声。廊下に降り立ったクラリカがみーこへの攻撃《こうげき》に出ていた。連弾でみーこの動きを止めながら跳《と》ぶ。シスターへとカウンターを加えるようにハンマーを振り上げるみーこだが、クラリカはすぐさま壁を蹴り、空中で方向を変え、腰の後ろから抜いた銀の小杖《こづえ》をみーこへ向ける。

「雷撃《らいげき》いっ!!」

っぱあんっ!!

ストロボじみた電光が小杖から瞬《またた》き、鈴蘭は目を眩《くら》ませた。そして次に目蓋《まぶた》を上げたときには、がら空きのみーこの胸元《むなもと》には小杖が向けられている。

「斥《せき》っ!!」

クラリカの発声で、どっ、と空気が圧縮されたような音。みーこが電車にでも撥《は》ねられたような勢いで吹き飛び、背中で防弾ガラスの窓をひび入らせ、倒《たお》れこんだ。どさり、と人体の沈む重い音。

とてつもない。鈴蘭が初めて見た闇《やみ》の住人同士の戦いは、著《いちじる》しく常軌《じょうき》を逸《いっ》していた。まるで剣劇《けんげき》のように続いていた沙穂と翔希の斬《き》り合いも、異質な金属音で幕を下ろす。一体どれほどの勢いで、何合結んだのか。沙穂の刀が刀身の中ほどから砕け、折れてしまったのだ。

「すまない」

と呟いた翔希が少女の鳩尾《みぞおち》に剣の柄尻《つかしり》を当てる。そうして沙穂は、ぐったりと翔希の腕《うで》の中に倒れ込んだ。

残ったのは呆気《あっけ》に取られたままの鈴蘭のみ。

鈴蘭は勝ち目がない事を悟《さと》っていた。逃げるにも、この二人の速度は騎士とは比べ物にならない。

「はぁっ……なんだったんだこの子は……」

いまだ信じられぬような面持《おもも》ちで、沙穂を床に寝《ね》かせた翔希。そのときには、クラリカがマジカライズ・インジケータを沙穂へと向けていた。

「この不自然な波形は……たぶん、導化猟兵《りょうへい》っすね」

「なんだそれは？」

「無理矢理《やり》体内に魔導力《まどうりょく》を埋《う》め込まれた、戦闘《せんとう》専用の……なんて言うんすかねぇ。そう、言わば人造魔人です。ヘンな言葉ですけど」

伊織が？

二人の会話に、胸の内が冷えていくのを鈴蘭は感じた。

沙穂をあんな風にしたのが伊織なら。

「鈴蘭さん？」

異常を察したクラリカが聞いてくるが……鈴蘭は自分でもよくわからず、足元に視線を落とすだけ。

翔希が沙穂のインカムを取り上げた。

「伊織。聞こえているか？」

《クソガキか。感度は良好だぞ。電波は三本立っているからな》

返ってきた声はインカムではなく、館内放送からであった。

「遊びはもう終わったんだ。隠れているならそこから出てくるな。今の俺は……本当に貴様を殺しかねない」

柄を強く握《にぎ》った翔希。

「貴様はいつもふざけてばかりだ。憎《にく》たらしくて仕方ない。それでも……憎みきれない奴《やつ》だと思っていたさ。だけど伊織。お前は越《こ》えてはいけない一線を越えた……その証拠《しょうこ》を俺に見せてしまった」
《それは沙穂のことか？》
「一人の女の子の人生を潰《つぶ》したんだ、貴様は」
《だが……》
「その子だけじゃない！　吾川までこんな風にされてたまるか!!」
その怒気《どき》は、味方であるクラリカの身をもすくめさせるほど激しいものだった。
《ああ、わかったわかった。……ところで一つ聞きたいんだがな、クソガキ。では貴様は鈴蘭を捕《つか》まえてどうするつもりだ》
「それは……」
言いかけ、翔希が気付いたようだった。
苦渋《くじゅう》。
その理由を指摘《してき》するように伊織が笑う。
《その子を連れて貴様が進める道は二つだけだ。協会に差し出し、その子が望まぬ聖女に祭り上げるか。それとも聖騎士団を相手に逃げ切って見せるか》
「……」

《いや……もう一つあったな。洗礼に失敗し、魔王となったその子を貴様の剣で……》

「黙《だま》れっ!!」

《くっ……まったく、鈴蘭に貴様ほどの気概《きがい》があれば僕も苦労はしないのだが》

「それはどういう意味だ？」

《いいだろう。鈴蘭を連れて行け》

全員が、意外な返答に顔を上げた。

「ご主人様……？」

《クソガキの言葉を借りれば、遊びは終わった。安心しろ鈴蘭。もうどこそこを爆破《ばくは》するとは言わん。君に仕込んだ自爆……》

「え？」

《もとい、手榴弾《しゅりゅうだん》で消えてなくなれとも言わん。鈴蘭。君はこれだけの修羅場《しゅらば》に投げ込んでも、その上で魔力に中《あ》てられても、魔王への片鱗《へんりん》も見せない。正直、僕にはもうお手上げだ》

「いや、あの、今ですね、自爆なんとかって……」

《協会へ行き、洗礼を受けろ。飛びっきりのタイミングで僕が邪魔《じゃま》をし、魔王へと転ばせてやる》

「わわわ私の体になんかしたんですか!? そうなんでしょ!? そうだなこんちくしょう!! だからそんなあっさり引き渡《わた》すんだ！ このバカメガネ!! たぁくんのバカメガネーっ!!」

きぃきぃとヒステリーを起こし出した鈴蘭に、翔希もクラリカも近付けなかったが……。

ごしゃあっ!!

と。中身入りの一斗缶《いっとかん》が天井《てんじょう》から降ってきて、鈴蘭の脳天に直撃《ちょくげき》した。インカムが砕《くだ》けるほどの威力《いりょく》に、鈴蘭は気絶する。

《そういうわけだシスター。一瞬《いっしゅん》だけ貴様らに預けてやる》

「そちらの考えはわかりましたけど」

冷や汗《あせ》半分に鈴蘭を背負ったクラリカ。

「一瞬ではなく、無利子無期限ってことになるっすよ。返ってくるなんて思わないことっすね」

《なるほど……くくっ、それもそうだ。魔王となれば誰《だれ》の手にも負えんのだからな。それまではせいぜい手荒《てあら》に扱《あつか》ってくれ。では後ほど》

②

静寂《せいじゃく》。後、クラリカが声高《こわだか》に叫《さけ》ぶ
「ミッションコンプリートっ!! コングラチュレイションっ!! ぱちぱちぱち、わーっ……!!
……さ、翔希さん帰るっす」

「……ああ」

「どうしたっすか？」

翔希は剣を鞘《さや》に収め、俯《うつむ》いた。

「奴の言った言葉……」

「邪魔なんてありえませんよ。神殿《しんでん》にはフェリオール司教がいらっしゃる上に、枢機卿《すうききよう》がいらしてるんですよ」

確かに邪魔は不可能だろう。いや、だからこそ気にかかるのだ。勝算もなく断言してしまうような伊織だろうか。

しかしそれより気にかかっているのは、実はこのクラリカの行動だった。人の姿をした、しかも宙に浮《う》くような高位の闇《やみ》を退けた……それ自体はいいとしても、ではなぜあの時、展望台でその力を使わなかったのだろう。

それに聖騎士の突入《とつにゅう》からしばらくの間を置いたのも彼女だ。あたかも、聖騎士が無力化するのを待っていたように……。

「さあ一切《いっさい》合切いただきですよ！　あのちっちゃい子もそこの魔人《まじん》も導化猟兵《りようへい》もゲットユー!!　翔希さんはその二人を頼《たの》むっすよ。私はヘリを呼んで来るっす！」

クラリカは鈴蘭をおぶったまま、入ってきた窓枠《まどわく》をぴょんと飛び越えていく。

「お、おい……！　まいっ……たな……」

「あの……勇者さん」

声に身構えた翔希。女の魔人が憔悴《しょうすい》した表情で起き上がっていた。が、その寂《さび》しげな表情に敵意はない。それどころか、

「これを……聖騎士《きし》のみなさんを解放してあげてください」

翔希に鍵《かぎ》を差し出してくる。

「あ……あなたは？　魔人のはずじゃ……」

であれば神殿協会は敵。無論、それに属する翔希も敵のはずである。しかし、今の彼女にそのような表情はない。ただただ、沈鬱《ちんうつ》な面持《おもも》ち。いかに強大な力を持つ魔人とはいえ……そこに残虐《ざんぎゃく》性や攻撃《こうげき》性が無いのなら、それは人間と大差ないように思えた。

「私はみーこと申します。このお屋敷《やしき》に連れてこられて以来、毎日、伊織様に無理無体を働かれて……」

翔希は楚々《それ》として目を伏《ふ》せる女に同情した。

「そうですか。ひどい奴《やつ》だ全く……」

「はい。こんな魔人の私でも、いつか、あなたのような勇敢《ゆうかん》な方が助けに来てくれるものと」

ひしっと腕《うで》に抱《だ》きつかれ。

大人の女性の柔《やわ》らかな感触《かんしょく》と花のような香《かお》りに対し、さほどの免疫《めんえき》力も無い男子高校生の翔希は……ゆっくりと開いた背後のドアから、悪魔《あくま》のような笑みを湛《たた》えた男が現れるのに気付く

はずもなかった。

③

「急げぇっ！　ぐずぐずするなっ!!」

トラップの壁《かべ》を剣《けん》で切り崩《くず》して階段を作るという作戦を、今更《いまさら》にして思いつき地上へ舞《ま》い戻《もど》った団長であったが、彼がそこで見たのは有象無象の魔物《モンスター》の群れであった。

庭の奥の森からはウィスプと呼称《こしょう》される無形のエネルギー体。足一本が電柱ほどの太さもあるような大蜘蛛《ぐも》、ジャイアントスパイダー。剣や槍《やり》で武装した骸骨《がいこつ》、スケルトン……種類も量も、数え上げればきりがない。

窓から見える、屋敷の中を闊歩《かっぽ》するのは岩の巨人《きょじん》、ストーンゴーレムか。手錠《てじょう》を外す間もなく、鎖《くさり》を叩《たた》き切っただけの騎士たちがほうほうの体《てい》で逃《に》げ出してくる。

「何だというのだ、一体……！」

第十一聖騎士団も魔物との交戦経験が無い訳ではない。ただ、ここに湧《わ》いて出た魔物はあまりに大量過ぎた。山野の奥底、草木が眠《ねむ》った頃《ころ》に一、二匹《ひき》、密《ひそ》やかに姿を現す魔物どもが、そこが魔界だとでも誇《ほこ》るように我が物顔に闊歩している。

未曾有《みぞう》なのだ。歴戦のはずの騎士たちが、新兵の様な焦燥《しょうそう》に駆《か》られながら、屋敷から、森から溢《あふ》れ出す魔物を押し留《とど》めている。

「団長！　総員二〇四名、無事です！」

「うむ……」

ここへ上がったときには、団長はあの少女の姿を見つけられなかった。喰《く》われたのだろうか？　いや、今いなければ助かっているはずもない。助けられもしない。

「よし、第四小隊はしんがりにつけ！　残りは一先《ひとま》ず門の外へ急げ！」

いないと言えば、勇者殿《どの》はこんな肝心《かんじん》なときにどこへ？　あのシスターの姿もまだ……。

「団長さん、翔希さん見なかったっすか⁉」

メイド姿の少女を背負ったシスターが屋敷の角から駆けてくる。

「なんだと？　貴様と同行していたのではなかったのか⁉」

「私は鈴蘭さんを、とりあえず連れ出したっすよ。少ししたらこの騒《さわ》ぎで……どうなってるんですか⁉」

「わからん！　とにかく今の手勢ではどうにもならんのだ。しかし聖女様が我らが手中にあるはまさに神威《しんい》なり！　撤収《てっしゅう》するぞ！」

「うう……現実世界にリセットはないっすよ、翔希さん……」

ちょっぴり悲しげな顔をしたかと思えば、シスターはものすごいスピードで門の外へと逃げ出していく。

「なんて奴だ……」

「団長！　団長もお急ぎを！」

「わかっている！　次に来たときは全てを葬《ほうむ》り去ってくれるぞ、忌々《いまいま》しい不浄《ふじょう》の輩《やから》が！」

声高に魔物の群れに宣言し、団長はその場を後にした。

9　ドクターの悲《ひ》嘆《たん》。

①

鈴蘭は目を覚ます。そこは、また違《ちが》うベッドの上だった。

シーツは柔《やわ》らかい。掛《か》け布も軽い。天井《てんじょう》は見えない代わりに、天蓋《てんがい》が見えた。広々としたベッドの足は、そんな所まで伸《の》びているのだ。四方はその天蓋から降りた、ベールのような薄布《うすぬの》に覆《おお》われている。

(うわ……)

着ていたものは、シルクのパジャマ。シロガネーゼかマドモワゼールかは鈴蘭は知らないが、そんなご婦人が着ていそうな、ゆったりした上品なデザイン。

(お……お姫様《ひめさま》とお呼び……?)

いやいや。

頭を振《ふ》ってよく思い出す。簡単だった。伊織の屋敷《やしき》で気絶して、今ここで気が付いた。

ベッドを降りて室内を見渡《みわた》せば、冗談《じょうだん》なしに広かった。唯一《ゆいいつ》見える装飾《そうしょく》の施《ほどこ》された木製のクロゼットが、家具ではなく小物に見える。

ふかふかの朱《しゅ》の絨毯《じゅうたん》に素足《すあし》を沈《しず》め、見渡す。

(やっぱりここ、神殿《しんでん》なのかな)

窓もなく、白い壁《かべ》、白い天井に囲まれているだけの空間。センスがない、と思う。伊織の屋敷の部屋の方が、日々を暮らすには正常な精神を保てそう。

壁面《へきめん》では唯一色のある、両開きのドアまで歩き、ノックする。

「あのー……えと……おはようございまーすー……鈴蘭ですー」

いいのだろうかこんなんで。

しかし懸念《けねん》はよそに、程《ほど》なく声が返ってくる。

「お目覚めにございますか？」

現れたのはクラリカとは正反対の粛々《しゆくしゆく》としたシスター……というかクラリカの元気がよすぎるだけで、これが駅前などで見る普通《ふつう》のシスターなのだが……が、静々と入ってきた。

当然、拳銃《けんじゆう》のような剣呑《けんのん》なものは持ち合わせていない。唯一、両手に押し戴《いただ》くように携《たずさ》えたのは衣類のようだ。

「こちらにお召《め》し替《か》えを。フェリオール司教様より、お話をしたい、とのお言伝《ことづて》でございます」

「ハァ」

返事と同じく、節操なく腹がなる。

「えー……と」

「はい。お食事でもしながら、とのことにございます」

そのシスターはやんわりと微笑《ほほえ》んだ。

◆

「（ふぇっ！　……ふぇりっ君だ！　生ふぇりっ君だっ!!）

シスターに案内された室、先に円卓《えんたく》の前で待っていた青年を見て、鈴蘭はえもいわれぬ興奮と緊張《きんちょう》を覚え、目を丸くした。

銀灰色《ぎんかい》の髪《かみ》。白磁のように美しい肌《はだ》。白い上下にマント姿は貴公子の形容が似合いそう。そして画面を通してしか見たことのない笑顔《えがお》は、今、確実に自分に向けられている。

鈴蘭が着ているものは、ティアラこそ無いがそれこそお姫様のようなフリル付きドレス。どこぞの屋敷のエプロンドレスとはフリルの格が違うし、肘《ひじ》まで覆う手袋《てぶくろ》がそれに拍車《はくしゃ》をかけている。

最高のシチュエーションで生ふぇりっ君独り占《じ》め。

「初めまして、聖女様」

「はっ!?　いえ、鈴蘭で！　鈴蘭の方向で！　様とかもう！　あの！　ええ！」

「はい。では、鈴蘭さん」

彼は嫌味《いやみ》のない苦笑《くしょう》で応じてくれた。名前を呼ばれるとは、こんなにも甘やかなことであったろうか。

その彼と比較《ひかく》し、自分の一言一句にどっと冷や汗《あせ》をかいた鈴蘭。自分はそんなにミーハーだったかな、とも思う。

「まずは、冷めないうちに料理をどうぞ。お話はそれから」

「はっ！　はい！　りり了解《りょうかい》です！」

沙穂のように機敏《きびん》な返事をして、鈴蘭は円卓へエスコートされた。やがてシスターらが運んできたのは横文字の名前がやたら長そうな、見た目の美しい、しかし食べればまた美味《おい》しい料理ばかり。

最初こそ手も休めた鈴蘭だが……人間とは慣れる生き物である。フェリオールに「遠慮《えんりょ》なく」と言われてからは、ダイエット断念直後に、ビフテキと格闘《かくとう》するがごとくの勢いで。

仕舞《しま》いに全《すべ》ての皿が下げられ、ソーサーに載《の》ったティーカップが二人の前に残るだけとなった。

フェリオールは、紅茶から立ち上る湯気をしばし眺《なが》めてから、鈴蘭へと顔を上げる。

「さて……どこからお話ししましょうか。いえ、彼からはどこまで聞きましたか？」

「彼？　ご主じ……伊織さんですか？」

「はい」

言い直す鈴蘭に、フェリオールは小さく笑う。鈴蘭はふっと、頭に浮《う》かんだことを口走った。

気が付けば、伊織と出会ってからの一切《いっさい》を喋《しゃべ》っている。不安とか、恐《おそ》ろしさとか、そういったものに駆《か》られたのかもしれない。

そして最後に、伊織から聞いた話を率直《そっちょく》に質問した。

「フェリオールさんは知っているんですか？　神が降りると……その……」

世界人口が三億程度まで減少してしまうこと。生き残れるのは、熱心な信者と、罪を犯《おか》したことも無い幼子ばかりだということ。

若い司教は、わずかに憂《うれ》えるように目を細める。

「なるほど……よく考えましたね、彼は」

「考え……た？」

「俗世《ぞくせ》で暮らしてきたあなたには、彼に出会ってからの体験が……まるで幻想《げんそう》の中の物語のように感じられたことでしょう」

飛び交《か》う銃弾《じゅうだん》。ポリ袋《ぶくろ》にパッケージされた、輝《かがや》かんばかりの氷砂糖。迫《せま》り来るパトカー、パトカー、パトカー……。

「えと……たぶん。はい」

「彼はそうしたあなたの、心の動揺《どうよう》を突《つ》いたのです。銃弾を受け付けない衣服。宙に漂《ただよ》う闇《やみ》の者に……霧《きり》の巨人《きょじん》。こんな不思議があるのなら、主が降りられて人類が滅《ほろ》ぶこともありうるのではないか……と」

「はい……」

フェリオールはゆっくりと笑顔を浮かべた。

ああ、この人は本当に心が豊かで、笑い慣れているんだな……そんな印象を鈴蘭は受ける。

「ご安心を。世俗の常識で捉《とら》えきれない事柄《ことがら》があるのは事実ですが……何でもあり、というわけではないのですよ」

「ハァ……」

「確かに闇の世界に潜《ひそ》み、悪行を重ねる彼にしてみれば、不都合な世の中になるには違《ちが》いありません。ですが……それこそが古来よりの、全人類の願いでしょう?」

微笑《ほほえ》む彼に言われると、頷《うなず》くしかなかった。

しかし次には憂いなのか決意なのか。そんな複雑な表情が彼の笑顔を掻《か》き消していた。

「悪の根源は魔《ま》。我々は数千年の昔から、魔王を頂点とするそれら闇の者と戦ってきたのです。〝神殿教会《しんでんきょうかい》〟が神託《しんたく》によって勇者を選出せしめ、彼は魔王を討《う》つ。しかして魔王は代を替《か》えいつの世もこの世界に君臨し、軍は人間が生活する領地を魔物《まもの》から確保するために組織され、武器は魔物と争うために止《や》まぬ進化を遂《と》げてきた……」

彼の吐息《といき》が、鈴蘭にはまるで嘆息《たんそく》に聞こえた。彼自身が、そんな昔の支配と争いを嘆《なげ》いているように見えた。

「……いつ終わるとも知れぬ人と魔の争い。それがこの星の忘れ去られた歴史。もはや知られることのない現実です。ですが人と魔、善と悪との闘争《とうそう》は今なお続いています」

フェリオールは最後の一言に、一層顔を曇《くも》らせる。

「なぜか？　魔王は代を替えるのです。ただ、この二千有余年の間が空位となっているだけで
……魔王を復活せんとする闇の者と、我々は闘争を続けています」

「それが……闇の世界……？」

「協会では第三世界という呼び方をしています。歴史に表と、裏とがあるならば……我々はその裏側でさえ語られぬ水面下。ですが、今再び、闇と魔とは歴史の表層に舞《ま》い戻《もど》ろうとしています。かつてなく強力に。我々が自らの存在を知らしめたのは、それらに先手を打ち、逸早《いちはや》く人類の結束を強めるためです。その指標として主は降臨されるのです。それをせずにおけば、世界は再び暗黒に包まれ、数千年の昔へと戻ってしまうでしょう」

「……わたし……」

心が震《ふる》えていた。

彼の言葉の重みだろうか。彼が語る、悠久《ゆうきゆう》の歴史の重さがそうさせるのだろうか。

「今の話はまだ、人々に不安を掻き立てぬよう公表はしていません。そしてあなた次第《しだい》では
……それはそのまま第三世界の話として忘れ去られます。平和と引き換《か》えに」

フェリオールはティーカップを取り上げようやく一口すると、静かに吐息した。

「どうか。協力しては頂けませんか。魔はゆっくりと、しかし確実に世界を蝕《むしば》んでいるのです。

ですがあなたが祈《いの》れば、そこに終止符《しゅうしふ》が打たれます。闘争の歴史に幕が下りるのです。どうか」

「信じて……いいんですか？」

フェリオールは首をゆっくりと振《ふ》ることで否定した。

「厳しい言葉を返すようですが、信じるのはあなたです。あなたが信じなければ、扉《とびら》は開かない」

「……」

「正直な事を言いますが……」

フェリオールの顔に柔《やわ》らかさが戻った。ただ、その笑顔は今までと違い、どこか子供っぽい。

「私はその戦いに疲《つか》れてしまいました。そう……恐らくは、彼も」

「ご主人様が？」

鈴蘭の言葉に、フェリオールは苦笑《くしょう》。

「はい。悪の組織などと気取るのは、疲れた彼自身にそう言い聞かせるためでしょう。憐《あわ》れにも悪の力に捉えられ、気が付けば脱《だっ》することもできなくなっている……心根は優《やさ》しいはずです。今でも」

みーこと同じ事を言った？

「証拠《しょうこ》に、聖騎士《きし》団は無傷で帰ってきました」

「フェリオールさんは、ご主……伊織さんの事を？」

「古い馴染《なじ》みなのです。同じ頃《ころ》に第三世界に身を投じ、彼は組織へ。私は協会へ」

「ふえぇ……」

意外な話に、鈴蘭は皿のように目を丸めた。ひょっとしたら、伊織もまたフェリオールのような人格者になっていたのかもしれない。

ああ、道を外れたばっかりに。

（でも……）

それは、自分にも言えるのではないか？

自分の前には、在りし日の彼らのように二つの道が続いている。

善か、悪か。光か、闇《やみ》か。

（私は……）

俯《うつむ》き、顔を上げた鈴蘭の瞳《ひとみ》に迷いはない。

②

（なんだい翔希《しょうき》。もう終わりかい？　女のあたしにも勝てないのかい？　勇者サマ）

姉の声がした。

家の道場で木刀片手に笑っている。

(だらしないねぇ、翔希。それで？　その勇者サマになってあんたは何をする気だい？　その弱さで)

これっぽっちも信用しない嘲《あざけ》りで、容赦《ようしゃ》なく笑っている。答えられない自分がいる。

強くなりたいの一言を。

(長谷部の豪剣《ごうけん》はね、翔希。神殺しの業《わざ》なんだよ。名誉《めいよ》も正義もかなぐり捨てて、ただ強くなりたい一心に狂《くる》っちまったご先祖様が完成させた。わかるかい？　長谷部家は悪の家系さ。そのあんたが、勇者？)

また笑う。

翔希は何かを言い返した。はっきりと。

今再び、その夢の中でさえ。

姉が微笑《ほほえ》む。

強くなる、と翔希は叫《さけ》ぶ。

◆

「姉……ちゃん……」

翔希は自分の寝言《ねごと》に目を覚ます。

潮の香《かお》りがする部屋だった。

「気が付きましたか？」

屋敷《やしき》にいた魔人《まじん》の女性が、ベッドの横で微笑んでいる。変わらず、メイドのような格好で。

「あなたは……みーこさん……」

「はい。覚えててくださいました？」

心底、嬉《うれ》しそうに微笑むみーこ。協会から教えられた話からでは、彼女が魔人だとは想像もできない。むしろ女神か天使がいるのなら、彼女のような笑い方をするのではないか……翔希にはそう思えた。

「俺は翔希……長谷部《はせべ》翔希《しょうき》。ところでここは？　俺は確か、奴《やつ》の屋敷で……」

「ここは船の中ですよ。屋敷の地下から、この船で脱出《だっしゅつ》したんです」

言いながら。彼女は横になったままの翔希の額から、濡《ぬ》れタオルを取り上げる。

「あなたが、俺の介抱《かいほう》を？」

「はい。翔希さんはほとんど、丸一日眠《ねむ》ってましたよ」

情けない。本来ならば、勇者である自分が彼女の立場でなければいけないのに。

己《おのれ》の不甲斐《ふがい》なさに唇《くちびる》を嚙《か》んでから、翔希は言った。

「あなたがいなかったら、今ごろ俺は奴に殺されていたかもしれない……ありがとう」

い奴だった。

「なぁーに、礼には及《およ》ばんぞぉ、クソガキ！」

どげん、とドアを蹴破《けやぶ》るように入ってきたのは……奴。奴だった。名前すら思い出したくない奴だった。

「何せ屋敷から連れ出したのもこの女に介抱するように命じたのも殺さなかったのもこの僕！だからなぁ。その女に礼を言っても始まらん。さあ遠慮《えんりょ》なく言え。この僕の目を見て、どうもありがとうございました、と」

ギラギラ光るその目に向かって正反対の何事かを言い返してやりたかったが、きりきりと奥歯を噛むのに精一杯《せいいっぱい》で口が開けない。

「んん〜？　どうした、クソガキ。聞こえんぞぉ？」

「伊織ぃ!!」

飛び掛《かか》ろうとして、できないことに気付く。

「なっ……」

拘束《こうそく》されている。ロープや鎖《くさり》などとなまっちょろい物ではない。ベッドから直接生えた鉄のベルトで、手足から胴体《どうたい》まで。鋼鉄のミイラ男かというほど厳重に束縛《そくばく》されている。

「くっ……俺をどうするつもりなんだ！」

「なぁに、どうもせん。もう」

「も、もう!?　もう何かしたってことか!?」

「くくっ……」

意味深に笑うだけ、という一番嫌《いや》な答え方をして、伊織は眼鏡《めがね》を押し上げた。

「答えろ伊織！」

「強《し》いてあげれば……ロケットパンチ」

「ろけっ……!?」

「……をドクターは付けたがっていたが、まあ僕が止《や》めさせておいた」

「……貴様ぁ!!」

翔希が叫ぶと同時、慌《あわた》だしい足音が部屋の外から近付いてくる。

「そそっ、そうかい伊織ぃ！　やっぱり付けるんだろう!?　ひひっ、そう言ってくれると思って待ってたさぁ！」

笑っているのか呼吸困難なのか、ひいひい喉《のど》を鳴らした、白衣姿の陰鬱《いんうつ》な男が喚《わめ》き散らす。

彼が手にしているのは、気味が悪いほど精巧《せいこう》にできた義手……いや、切断面から噴射《ふんしゃ》ノズルが見えるところを察すると。

「というわけでクソガキ。付けて欲しいなら今からでも付けられるぞ？」

「い……いや……」

「そ、そうかい君ぃっ!?　ひひっ！　君はやっぱりドリルの方がいいんだな!?　いひひっ、いいぞぉ!!　男の子だもんなぁ!!　待ってなさい、ささ、三十分で付けてあげるからぁ!!　ひぃ言うだけ言って、彼は部屋を飛び出して行った。いまにもドリルを抱《かか》えて戻《もど》ってきそうな勢いで。

「い……伊織。話が……」

「貴様に残された選択肢《せんたくし》は二つだけだ。抵抗《ていこう》しないと誓《ちか》って状況《じようきよう》の説明を受けるか……ドリル勇者翔希として世界に名を馳《は》せるか。ちなみに僕は後者を勧《すす》めるが？」

「ちょっ……」

「彼は本気でやるぞ」

「いひっ、ひひひっ！　待たせたなぁ！　さあ手術開始だぞぉ!!」

マンガのような円錐《えんすい》型のドリルを脇《わき》に抱えて、彼はいきなりメスを振《ふ》りかざしてきた。

「いっ!!」

◆

「残酷《ざんこく》なクソガキだ。あれほど悲嘆《ひたん》に暮れたドクターの姿を、僕は見たことがない」

「それは……そうかもしれないが……」

大の男があそこまで無様に涙《なみだ》を流せるものかと、拘束を解かれた翔希は、船内の通路を歩きながら思い起こしていた。

だからってドリル勇者は……少し。

船は大型のクルーザーのようだ。居住区などは一般《いっぱん》家庭並みに広そうで、廊下《ろうか》の赤いカーペットからして、内装は高級ホテルと遜色《そんしょく》ない。

「……この船は今、どの辺りにいるんだ？」

「東京湾《わん》だ。あれを見ろ」

甲板《かんぱん》へ出た伊織が、船の向かう先を指差した。星空の下、夜風凪《な》ぐ茫洋《ぼうよう》たる水平線の近くに、そこだけ暮れた事を忘れたような青空……霞《かすみ》が浮《う》かんでいる。

「ヘブンズゲート……それが？」

「これからあれを潰《つぶ》しに行く。早い話が神殿《しんでん》に殴《なぐ》り込みをかける」

翔希は屋敷《やしき》での彼の言葉を思い出した。

「そんな事を言っていたな……でも知らないのか伊織？　テレビカメラが入れるような敷地《しきち》はまだしも、神殿自体には強力な結界が施《ほどこ》されている。選ばれた者じゃなきゃ、仮にこの船が空から降ってきたところで弾《はじ》いてしまう……そういうものさ」

「だから貴様がここにいるんだろう、クソガキ」

翔希は絶句した。

確かに自分は選ばれた者の一人。しかしそれを知る者は絶無に等しいはずだった。根本のセキュリティ問題であるから、協会の部外者が知っているはずがない。

勇者であることと、選ばれたこととは別の話だ。

「誰《だれ》から聞いた……!?」

伊織は呆《あき》れたように、それが当然と言ってのけるように首を傾《かし》げる。

「フェリオールだ」

③

翔希は目を、これ以上ないところまで見開いていた。

「馬鹿《ばか》な……そんなはずない！」

「鈴蘭は信じるという事を覚えた方がいいが、貴様は逆だ。少しは疑うという事を覚えた方がいい。もっとも……そのおかげで事は順調に進んだが」

「っ……！」

「付け加えると、僕の屋敷にも神殿と同クラスの結界が張ってあった」

「それは嘘《うそ》だ」

「くくっ、疑ったな。まずはそれでいい」

否定が相手の思惑《おもわく》に乗ってしまう……不条理な屈辱《くつじょく》に、翔希は歯嚙《はが》みする。

「しかしだ、我が社も伊達《だて》酔狂《すいきょう》で闇《やみ》の世界にいるわけではない。その程度の防衛力は持っている」

「じゃあわざと俺たちを受け入れたというのか⁉」

　では逆に聞くが……と伊織が前置きする。

「協会の理念から言えば、うちは真っ先に潰すべき存在ではないのか？　それが鈴蘭の行方《ゆくえ》がわかった途端《とたん》に……正確にはそうした演技の直後に、場所を把握《はあく》できたのはなぜだ？」

「演技……⁉」

「貴様と鈴蘭があの展望台で鉢合《はちあ》わせたのも、その直後に協会が僕の屋敷を見つけたのも……貴様と鈴蘭が今、場所を入れ替《か》わったのも。多少のアドリブはあるが、概《おおむ》ねフェリオールとの手はずのうちだ」

「……クラリカは……だから突入《とつにゅう》のときに騎士《きし》団を先に行かせて、吾川と逃《に》げたって言うのか⁉」

「あのイカレシスターはフェリオールの犬だからな。異端審問《いたんしんもん》会の第二部というものを知っているか？　神前裁判とやらにかけられぬような連中を、直接出向いて暗殺する部署だ。イカレはそのエージェント。フェリオールがその部長だ」

　異端審問会自体は翔希も知っている。だが殺すことはない。教えに背《そむ》くような信者を協会から追放するか否《いな》かを審査《しんさ》する、その程度の存在のはずだ。第二部など、馬鹿げている。

「その第二部、預言者の直轄《ちょっかつ》だそうだ。しかし今回の勅命《ちょくめい》は水面下で行えば勝ち目もない。かと言って真っ向を切ればあまりに被害《ひがい》がデカ過ぎる。そこでうちに話が来たわけだ。ゲートを潰すこと自体はこの国のトップからも話が来ていたので、僕も引き受けた」

「フェリオール司教が狙《ねら》っているのは……」

いいや、簡単だ。

司教階級《クラス》が手を出せない階級は二つ。そして第二部がその片方の直轄だとすれば。

「……枢機卿《すうききょう》が⁉　だとしても、一体なぜ……！　それに神の降臨は協会の宿命、悲願だぞ！」

「それが預言者の意にそぐわない神ならどうする。つまりは邪神《じゃしん》だ。……貴様も〝ゼピルム〟は知っているだろう？」

「ゼピルム……ああ。協会でもはっきりとは正体をつかめていない、魔人《まじん》で構成された闇の組織だろう。まだ俺も、やりあったことはないけど……それが枢機卿と？」

くくっ、と喉《のど》を鳴らした伊織が頷《うなず》く。

「フェリオールの調べでは、老いたランディル枢機卿はその連中に取り込まれたのだそうだ。魔人の最たる特徴《とくちょう》、不老不死と引き換《か》えに……人間を駆逐《くちく》する邪神を降ろすと。さて、彼を哀《あわ》れむべきか素直《すなお》と認めるべきかは難しいが」

ランディル枢機卿が齢《よわい》八十を越《こ》える老齢《ろうれい》だとは翔希も知っている。残り少ない余生を儚《はかな》み、そうした誘惑《ゆうわく》に負けることは想像もできようが、しかし……枢機卿にまで昇《のぼ》り詰《つ》めた人物が？

「いや、理屈《りくつ》だ。貴様がでっち上げたな！」

こちらの睨《にら》みを意にも介《かい》さず、伊織は甲板に備え付けのパラソル付きの椅子《いす》に腰《こし》を掛《か》け、足を組んだ。

「では思うところを述べてみたまえ、長谷部翔希くん。存分に答えてやろう」

「っ……。フェリオール司教が吾川をテレビで呼んだのはなぜだ」

「鈴蘭に自分の存在を自覚させるためだけだ。と言っても、協会ではあの子の生みの親までしか調べが付かなかったようだが。だから貴様も、鈴蘭自体は知っていても出遅《でおく》れただろう。僕は僕のルートで調べ上げた。借金の一本化でな」

「なぜ最初に貴様の手に渡《わた》った。始めから協会へ渡さなかった」

「当初は僕の方で、魔王としての片鱗《へんりん》を引き出しておく予定だったのだ。そうなっていれば、突入用に貴様のようなクソガキを預かることもなかった……が、あいつは疑り深くてな。でまあ、あんな修羅場《しゅらば》に放《ほう》り込んだが……やはり死人の出ないようなお遊びではいかんともならん。ではどうする？　本当の修羅場に放り込む。闇の世界の……協会曰《いわ》く第三世界の闘争《とうそう》だ。それを作り出すのがこれからの仕事だ」

疑うべきではないのか？　むしろこの男の方が、そのゼピルムと手を組んでいてもおかしくないではないか？

翔希は目を凝《こ》らした。しかし今、そうして見据《みす》える伊織の瞳《ひとみ》、まるで翔希の知る伊織ではない。姿勢こそクルーザーに相応《ふさわ》しく、南の海にでもいるようにリラックスしていたが、痛々しいほどに静謐《せいひつ》に、東京の方角を直視していた。

翔希がこれまで戦った強盗《ごうとう》、ギャング等も必死の目を見せたことはあった。しかし伊織の目はそれを通り過ぎている。死を超越《ちょうえつ》した使命感が伝わってくる。死ぬか生きるかではなく、どう死ぬかを考えるように。

疑うべきなのか？

揺《ゆ》らぐ心から発せられたのは、結局は次のような疑問であった。

「……それで吾川はどうなる？」

「神が降りればあの子は神の贄《にえ》になる。死ぬか、よくても鈴蘭ではなくなるだろうな」

「降りなかったときは……魔王になっているってことか」

「だがあの子ではある。事後の世界を敵に回してだがな」

「っ……」

「どうする？　道は二つしかない。どちらにしても世界は……滅《ほろ》ぶとは言わんが、まあ騒《さわ》ぎになるな」

舳先《へさき》で、波の静かに砕《くだ》ける音。春の近い海は冷たくとも、翔希の胸中をなだめるように穏《おだ》やかだった。

勇者は一片の迷いもなく断言する。

「……諦《あきら》めないのが勇者だ。邪神は俺が倒《たお》す。吾川も俺が助け出す！　それが俺の進む道だっ！」

伊織が口の端《はし》をもたげた。

「吠《ほ》えたな、神殺し」

伊織の頼《たの》もしげに言う笑顔《えがお》に、翔希が胸を跳《は》ね上がらせたとき。

「……どうしてそれを……！」

鋭《するど》い警笛とサーチライトが翔希の言葉を遮《さえぎ》った。右舷《うげん》側から、高速の船体が波を割って来る。

「海上保安庁……か⁉」

「やれやれ」

伊織はゆっくり身を起こすと、船内へと入って行った。

◆

「さて、ここがブリッジだが」

伊織に通されるまま、翔希は入った。

小学校の社会科見学だったか。そのときの船種は忘れたが、似たような光景が広がっている。

舳先の見える方向から左右は一面ガラス張りで、その下に種々の計器類。

照明の控《ひか》えられた室内、何かの木箱に乗った小さな女の子が、操舵輪《そうだ》にしがみつくようにしている。

「まあ、落ちつくの。こう見えても、『タイタニック』は鑑賞《かんしよう》済みなの」

大西洋に沈《しず》んだ悲劇の船名を言いながら、女の子は翔希をなだめるが。

「大丈夫《だいじようぶ》か伊織!?」

「いや……大丈夫……なのか？　伊織」

あえて、傍《かたわ》らの青年に問う。

バットで殴《なぐ》られた後遺症《こういしよう》ではないだろうが、この少女は苦手かもしれない。

「気にするな。真《ま》っ直《す》ぐ進んでいるだけだからな」

他《ほか》には、無線機に向かっておろおろと訴《うった》えかけているみーこ。それと屋敷《やしき》で見た、凄《すさ》まじい使い手の少女。こちらは昨夜のことなど嘘《うそ》のように、ぽーっと海原を眺《なが》めている。

「貸せみーこ。だから使えんと言うのだ」

「ごめんなさい……」

悲しそうに謝るみーこの声など聞こえてもいないように、伊織は受話器を奪《うば》い取る。

「聞こえるか？　ああ、僕が船の主だ。話が通っているだろう………そう、伊織だ」

伊織が受話器を置くと、巡視艇《じゆんしてい》はほどなく船首を返し遠ざかって……いや、あろうことか斜《なな》め後方につき、護衛するように並走し始めたではないか。

悪の組織というのはここまで横行しているのかと、翔希は悪夢でも見ているような心持ちになる。

「貴様何者だ伊織!?」

なんとなく叫《さけ》んだつもりが、伊織からは意外な返事が返ってきた。

「ん……ああ、そうかクソガキ。翔香《しょうか》からは聞いてないんだな？」

「姉ちゃんが……ってどうして姉ちゃんの名前が出てくるんだよ!?」

「伊織も神殺しの家系だからな」

「なっ……長谷部家だけじゃなかったのか!?」

「そうとも。豪剣《ごうけん》の長谷部、剛弓《ごうきゅう》の天白《あましろ》、本流の名護屋河……」

「な……!?」

フェリオールがテレビで使った鈴蘭の姓《せい》だ。伊織曰《いわ》く、それが鈴蘭の生みの親。

「そして邪流《じゃりゅう》、伊織」

伊織は己《おのれ》を指差すように眼鏡《めがね》の橋《ブリッジ》を押し上げ、レンズをぎらりと輝《かがや》かせた。

「去りし世に、神殺し四家と罵《ののし》られた者どもの血脈《けつみゃく》だ」

④

「――元より、僕たちには尋常《じんじょう》じゃない力があったわけだ。力があるから勇者に選ばれ、聖女なり魔王《まおう》なりにもなれる……いや、あるいは遥《はる》か太古の血が神殺しの形で蘇《よみがえ》ったのかもしれんが」

魔王の系譜《けいふ》だとでも言うのか……？

そんな考えが翔希の脳裏《のうり》を過《よ》ぎったが、すぐに捨てた。自分の中にある、勇者としての意識の根幹が揺《ゆ》らいでしまいそうだった。

「戦後に業《わざ》を絶やした天白家はともかく、今回の事件にそれらが一様に巻き込まれたのは必然かもしれんな」

接岸したクルーザーから降りた翔希は、彼の言葉を聞きながら歩いていた。

そして知らず独白する。

「俺は、小さい頃《ころ》に教えられたんだ。長谷部家は神殺しの、悪の家系だって……なんだか、無性《しょう》に悔《くや》しくてさ。だから俺は勇者に選ばれたときに誓《ちか》ったんだ。絶対に強く、誰《だれ》よりも強くなって、そんな汚名《おめい》を雪《すす》いでやるって……」

「そうか。皮肉な話だ」

「ああ……そうだな。だけど俺たちの先祖も、今の俺たちみたいに協力して神を討《う》ったんだろうな」

「いや、四家とも恐《おそ》ろしく仲が悪かったらしい」

「……」

だから、他の家の話を聞かされたことがなかったのだろうか。

語り合う二人の後ろから、女の子……リップルラップルと言うらしい……が、てこてこついてくる。そのまた後ろには、口を噤《つぐ》んだまま楚々《そそ》と歩むみーこ。ドクターと沙穂は船に残るようだ。

「……みーこさんはともかく、この子も連れて行くのか？　あの導化何とか……沙穂って女の子の方が戦力になるんじゃないか？」

彼女について、翔希は伊織を許したわけではない。だが今は鈴蘭を助けることが先決であり、沙穂の剣《けん》さばきは聖騎《きし》士団の団長クラスさえ凌駕《りょうが》している。

純然に戦力として捉《とら》えた場合に有望であるはずなのに、伊織は否定した。

「仕方ないのだ。沙穂の刀は貴様が折ってしまっただろう。それに、リップルラップルだって魔人だ。僕としては状況《じょうきょうし》次第《だい》の保険のつもりだが……この子は魔法もちゃんと使える」

あんぐり。

「こ……こんな小さな子がか!?」

魔法は魔導力を意思によって統制するものだから、当然、強固な精神力が必要となる。幼い頃からの精神修養を怠《おこた》らなかったとしても、習得できるのは自我がはっきりと固まる十代後半からというのが定説だ。

勇者と認められた翔希でさえ、血反吐《ちへど》の出るような訓練の末に形にできたのは高校に入ったばかりの頃である。そんな年齢《ねんれい》でさえ、指導に当たった協会の関係者はさすが勇者と驚嘆《きょうたん》したというのに。

この少女……まだ幼女と呼べるような女の子がそれをこなす。伊織の言葉を鵜呑《うの》みにすれば、翔希は魔人という存在の空恐ろしさを思うと同時、わずかばかりの妬《ねた》みを抱《いだ》かずにはいられない。

「今の発言は、大変に遺憾《いかん》なの。発言の即時撤回《そくじてっかい》と、心からの謝罪を要求するの」

抗議《こうぎ》の声と共に、小さな拳《こぶし》を上げるリップルラップル。

「あ……ああ。ごめん……」

「人や物を、見た目で判断するのは、よくないの。以後、気をつけるの」

無表情と独特の言葉遣《づか》い。何より、愛らしい容姿なので……怒《おこ》っているのか、実はそうでもないのか、あんまり見当が付かない。

「ところで……豪剣、剛弓……本流、も意味としてわかるけど、邪流っていうのはなんだ？」

「聞いても信じられんだろうが、しかし見ないに越《こ》したこともない。僕もフェリオールも、頼《たよ》りにしているのは貴様だ。翔希」

殺し文句？　馬鹿《ばか》な。口が滑《すべ》っただけだろう。

すでに返された剣を、今は背中に提げていた翔希だが……まだ彼を全面に信用したわけではなかった。鈴蘭を助けたいだけだ。鈴蘭が無事であるなら、場合によってはこの男を倒《たお》さねばならない。

まだ信じきってはいけない……。

閑散《かんさん》とした倉庫街をしばらく行くと、ある倉庫の前に伊織が立ち止まった。彼が取り出したリモコン一つで、シャッターが静かに上がっていく。

中にはただ一台の車。何の変哲《へんてつ》もない、議員の公用車のようなセンチュリーだ。その傍《かたわ》らに二人の人物が控《ひか》えている。黒いスーツに、サングラスをかけた細面《ほそおもて》の中年。

「貴様の手下か？　伊織」

聞く翔希に、伊織は肩《かた》をすくめて見せる。

「有体《ありてい》に言えば、クライアントだ」

日本のトップから話が来ていた……ということは、国の偉《えら》いさんか。日本にもこんな、黒服の身なりの役人がいるのかと翔希は軽く驚《おどろ》く。だが伊織が関与《かんよ》しているのだから、ろくでもない連中なのだろう。

「伊織の当代、そちらが勇者殿《どの》か？」

男が無機質な声色《こわいろ》で聞く。

「そうとも。驚け。長谷部家のクソガキだ」

「っ!?　そうか。長谷部家の……勇者と呼ばれるほどの資質であるなら、長谷部家もまずは安《あん》泰《たい》か……」

「待ってくれ。俺はいいとして、あなたは何者なんだ？」

翔希の問いに、驚愕《きょうがく》していた男はすぐに冷静を装《よそお》い、機械じみて無反応になった。答える気はないらしい。そして伊織も話すつもりはないのだろう。

「気にするなクソガキ。それよりさっさと乗れ」

伊織は運転席に着くなりエンジンをかける。みーことリップルラップルが後席へ、翔希が渋《しぶ》渋《しぶ》助手席に座ると、車は黒服をそのままに、滑るように走り出した。

⑤

都心に向かうにつれ、人の波は大きくなっていた。日本全国、いや世界各国から集まった野《や》次馬《じうま》の群れ。現代科学では解明も説明もできないゲートから、果たして奇跡《きせき》は起こされるのか……上空にはひっきりなしに報道のヘリが飛び交《か》い、まるでゲートに羽虫が群れるようだ。神《しん》殿《でん》へと向かう車は当然、呆気《あっけ》なく渋滞《じゅうたい》に呑《の》まれ、杳《よう》として進まなくなっていた。

「弱ったな」

「車を置いて走った方が……」

窓から身を乗り出して道路事情を眺《なが》める伊織へ、至極《しごく》真っ当な提案をもたらすみーこ。

確かに、ここからであれば走っても間に合うだろう。だがそれも、平素であればだ。今は人ごみが多すぎる。

付けっぱなしの車内ラジオが、神の降臨まで二時間を切ったと伝える。現在二十二時三分。人々の期待が高まるだけ、翔希の中では焦燥《しょうそう》が膨《ふく》れ上がってくる。

「くそ。鈴蘭がいれば所構わずアクセルを踏《ふ》むのだが……」

そうなのか？

想像に難《かた》く、翔希が首を傾《かし》げようとしたときである。協会のシスター姿の何者かが、沿道の人々をなぎ倒しながら走ってきた。ついには誰《だれ》ぞとケンカとなり、相手を殴《なぐ》り、蹴倒《けたお》し、がしがしと踏みつけてそれでも走り始め——この車を見つけると張り付いてくる。ばんばんばんばんと窓を叩《たた》きながら。

「なーにやってるんですかっ⁉」

「それはこっちのセリフだろクラリカ⁉」

ウィンドウを下げ、思わず叫《さけ》んだ翔希は、道端《みちばた》に這《は》いつくばった通行人を指差す。

「あぁんな主の御加護《ごかご》もない俗世《ぞくせ》のクサレ一般人《いっぱん》なんてどうでもいいっすよ！　もう儀式《ぎしき》が始まっちゃってるっす‼」

「どういうことだイカレ」

と伊織が聞く。窓から車内に潜《もぐ》ったクラリカが、伊織の胸倉《むなぐら》を摑《つか》んで鼻の頭を突《つ》き合わせる。

「よぉぉっく聞くっすクソ悪党‼　鈴蘭さんが薬を飲まされました！　枢機卿《すうききょう》は儀式を前倒し

して進めてるっす！」

「なんだと⁉」

唾《つば》飛ばすシスターの顔を引き剝《は》がし、伊織は舌打ち。話を聞き、どうやら、協会と悪の組織が結託《けったく》しているというのは事実のようだと確認《かくにん》する翔希。

にしても仲が悪すぎやしないだろうか。

「……イカレ、屋敷《やしき》でミーコを吹《ふ》き飛ばした魔法《まほう》を神殿まで使えんのか？」

「斥波《せきは》っすか？」

思案を巡《めぐ》らせていたような伊織の声に、クラリカがきょとんとする。

斥波——その効力は文字通り退けること。古くに協会が定めた魔法の五大系統、光火水雷《らい》土から外れる近代魔法だ。威力《いりょく》を強めれば、屋敷での時のように爆発《ばくはつ》的に吹き飛ばすことも可能だが。

「威力を絞《しぼ》ればいけるっす！」

クラリカは全《すべ》てを悟《さと》ったように、自信満々にボンネットに飛び乗った。そして銀の小杖《こづえ》を構える彼女を見ながら、翔希も全てを悟る。

「おい⁉　伊織⁉　クラリカ⁉」

「イカレの魔力がどこまで持つかが勝負だ」

「それは運転するクサレ外道《げどう》のテクと根性次第《こんじようしだい》っす」

ふっふっふ。

二人の不気味な笑顔《えがお》は、全く同種であり。

それを見る限り、押しのけられた車がどうなるかまでは考慮《こうりょ》されていないようである。

「斥《せき》っ!!」

クラリカの掛《か》け声に車は咆哮《ほうこう》し、タイヤを掻《か》き鳴らす。

10

澱《おり》を乱す。

①

聖堂。広大な石造りのドームの中に、幾《いく》百人の信徒がひざまずいている。無数の燭台《しょくだい》の揺《ゆ》らめきに、淡《あわ》い淡い影《かげ》が揺れる。紡《つむ》ぐような歌声が、どこからか流れてくる。

鈴蘭は壇上《だんじょう》から、何の疑いもなくその光景を見下ろしていた。

全てが私に頭を垂れ、ひざまずいている。

とてもいい気分。

厳粛《げんしゅく》な趣《おもむ》きのフェリオールに手を引かれ、壇の中央へ歩む。向かう先には白髪《はくはつ》、白眉《はくび》、白髭《しらひげ》の老人一人。枢機卿《すうききょう》は赤い法衣で年齢《ねんれい》を感じさせぬ長身を固め、錫杖《しゃくじょう》を手に、厳《おごそ》かな眼差《まなざ》しで鈴蘭を迎《むか》えた。

「さあ。聖女様」

別れ際《ぎわ》のフェリオールの声……正確にはその瞬間《しゅんかん》、強く握《にぎ》られた手に、鈴蘭は恍惚《こうこつ》とした目を向ける。彼は合わせた目を細めた。

寂《さび》しさ？　悔《くや》しさ？　諦《あきら》め？

古《いにしえ》の巫女《みこ》たちのように、薬品によってトランスをもたらされた鈴蘭にはわかるはずもない。

それきり、フェリオールは去る。そして下りるための階段へと、彼が足を掛けたときだった。

「この最も喜ばしい日に、皆《みな》に伝えねばならぬことがある」

ランディルの声に、フェリオールが立ち止まる。

「光より目を背《そむ》け、真教を疑い、神威《しんい》に背いたものがこの中にいる」

重ねられた歳月を思わせる、重く、義憤《ぎふん》に満ちた大音声《だいおんじょう》が響《ひび》き渡《わた》った。老いて尚輝《なおかがや》きを増したような枢機卿の視線は、

「フェリオール・アズハ・シュレズフェル」

彼へ。振《ふ》り返らぬ若き司教は、満場の眼差しをその背に集めた。そしてざわめきの合唱は、次にどよめきへ。枢機卿のみが直轄《ちょっかつ》する特異な鎧《よろい》を着た四人の聖騎士《きし》――『大強者』が恐《おそ》れ多くも壇上へ上がり、フェリオールの喉元《のどもと》へ長剣《ちょうけん》をかざしたのだ。

場内は静寂《せいじゃく》に包まれる。嘘《うそ》か冗談《じょうだん》かを見極《みきわ》めようとするかのように。だが身じろぎしないフェリオールが聖騎士によって拘束《こうそく》されることで、それが疑う余地も無いものになり、騒然《そうぜん》となる。

「皆の者よ。これより降臨される主のお力によりて、かような不浄《ふじょう》の者は滅《ほろ》びるであろう。皆、その様をしかと目に焼きつけよ」

聴衆《ちょうしゅう》への声が終わる。枢機卿は鈴蘭へと目を向けた。

「さあ聖女よ。祈《いの》るのだ」

「はい……」

言われるまま、操《あやつ》り人形のように壇上で膝《ひざ》をついた鈴蘭。目を伏《ふ》せ、手を組む。

信じる、信じる、信じる……。

鈴蘭は神が降りる事を信じる。これから起こるだろうその様子を想像する。

そう、きっと、最初は……。

（お空が、ぱーっと割れて……）

鈴蘭の脳裏《のうり》に出来上がった、そんな簡単なイメージが、現実世界へと反映された。

ゲートが一息に輝《かがや》きを増す。静寂な光はステンドグラスを通して降り注ぎ、聖堂内は取り取りの色彩《しきさい》に満たされる。楽園を具象したような美しさに、感嘆《かんたん》の声が沸《わ》きあがる。

「扉《とびら》は開かれた！　さあ、主は今こそ……‼」

枢機卿の声が遮《さえぎ》られたのは、そのとき。

「光よ、導け――ライトニング・レイ‼」

ゲートを上回る純白の閃光《せんこう》、勇者と司教階級以上のみが習得、発動を許可される光輝《こうき》系統魔《ま》法《ほう》がドアを打ち砕《くだ》く。飛散する破片。立ち込《こ》めた粉塵《ふんじん》の中に現れた影へ、ランディルが目を凝《こ》らす。

「神聖なる儀《ぎ》式《しき》を穢《けが》さんとするのは何者だ！」

問いに答えんがため敢然《かんぜん》と進み出たのは、未《いま》だ輝き冷めやらぬ剣を片手に、正義の化身かと思わせるほど実直な瞳《ひとみ》を燃した少年であった。

「俺は勇者翔《しょう》」

それを背後から蹴倒《けたお》し、踏《ふ》みつけ、現れた青年が笑う。

「悪の組織だ」

②

「……遅《おそ》かったですね、貴瀬」

磔《はりつけ》られたように両腕《りょううで》を騎士に抱《かか》えられ、フェリオールが言う。

「貴様の犬が存外に使えんかったのでな」

リップルラップルに、うつ伏せに引きずられてきたクラリカが、「ども」と手を上げて気絶した。それを見てあたふたと介抱《かいほう》にかかるのはみーこ。

「……そうか。フェリオール。悪の輩《やから》とまで手を組んでいたか。そこまで堕《お》ちていたか」

枢機卿の悲憤の眼差しを受けたフェリオールが、気を引き締《し》めるように束《つか》の間《ま》の安堵《あんど》を拭《ぬぐ》い去る。

「ご冗談を。私はより大きな悪を滅《めっ》するために、あの小悪党を利用したに過ぎません。ランディル・シア・エムネス枢機卿……ゼピルムの魔人如《ごと》きにたぶらかされ、邪神《じゃしん》降臨を目論《もくろ》んだ……背信者です」

「痴《し》れ者《もの》め」

ランディルがフェリオールへ錫杖《しやくじよう》を向けるなり、衝撃波《しようげきは》が迸《ほとばし》った。フェリオールが自身を拘束していた騎士もろともに、壇上《だんじよう》から十数メートルも宙を舞《ま》い、聖堂の壁《かべ》に激突《げきとつ》する。事情を知らぬ信徒たちが、悲鳴し、逃《に》げ惑《まど》う。

それでも。壁にもたれ、少なくない血の沫《あわ》を口にしながらも、フェリオールは険しい目付きで気を吐《は》いた。

「……もうよろしいでしょう枢機卿。我が師よ。いつまで芝居《しばい》を続けるおつもりです。どこまで私を失望させるおつもりです。預言者様は全《すべ》て見ておられます。あなたの裡《うち》まで、全てです。魔人などから得た永遠の命が、なんになるというのですか！　その引き換《か》えに降りた邪神によって、どれだけの無辜《むこ》の命が奪《うば》われるか……！」

「愚《おろ》かな」

必死の説得は、枢機卿の掲《かか》げた錫杖に否定される。錫杖の動きにつられるように鈴蘭が天を仰《あお》いだ。少女の瞳は、空からキャンディが降って来ると言わんばかりに無邪気に揺《ゆ》らめいている。

だが、降り注いできたのは光だ。それはランディルそのものに、また、その傍《かたわ》らにひざまずいたままの鈴蘭を焦点《しようてん》とするように収束し始める。

「今だクソガキ！」

伊織の声に、蹴られたまま彼の足元に伏せていた翔希は走り出した。静止からトップスピードまで、一気。立ちすくむ信徒らの合い間を縫《ぬ》って姿を隠《かく》し、低姿勢に突《つ》き進む。

「吾川っ！」

突如《とつじょ》として現れた勇者の姿に、急《せ》いたランディルが振《ふ》り返ったときには——翔希は薄《うす》ら笑いの鈴蘭をさらうように抱《だ》きすくめ、光の中から転がり出ていた。

と同時、光が止《や》む。聖堂よりも、玄室《げんしつ》と呼ぶべき暗さが場を覆《おお》い尽《つく》していく。

「しっかりしろ！　吾川っ！」

翔希は腕の中、紅《くれない》に染まりかかった鈴蘭の瞳に呼びかけた。やがて……どこを見るでもなかった鈴蘭の瞳が瞬《しばたた》き。

「せん……ぱい……？」

「吾川……」

よかった——。

どうにか間に合ったようだ。だが、翔希はそれを口にはしない。まだ終わってはいないのだから。

「おのれ小僧《こぞう》っ！」

ランディルの怒号《どごう》は銃声《じゅうせい》によって掻《か》き消される。伊織の手には超《ちょう》大型拳銃《けんじゅう》とも、超小型機《き》関《かん》銃《じゅう》とも付かぬそれ……全く以《もっ》てどう仕入れたのか……H&K社のMP－7が握《にぎ》られていた。

・四五ACPクラスのカートリッジで一・六gの小径弾頭《だんとう》をすっ飛ばす。そうして放たれる弾丸の速度は、通常の小火器を遥《はる》かに凌駕《りょうが》する音速の約二倍。強固な魔導皮膜《マジックコーティング》を施《ほどこ》された枢機卿《すうききょう》の法衣とて、所詮《しょせん》は布だ。二百メートル先の軍用防弾ベストを貫通《かんつう》するエネルギーは、常人が銃撃《じゅうげき》を受けるのと遜色《そんしょく》ない威力《いりょく》を発揮した。

それが二発、三発、四発。まだ続く。音速超過の衝撃波が轟音《ごうおん》となって壮大《そうだい》に反響《はんきょう》する。銃弾に体を躍《おど》らせ、法衣を血に黒く染め、崩《くず》れ落ちる老体。そのときには、彼を信じていた者の姿はどこにもない。ガランドウの中で、己《おのれ》を屠《ほふ》った銃声の残響の中で、憐《あわ》れな老人は叫《さけ》ぶ。

「おの……れ……！　聖騎士《きし》は何をしている⁉」

声に、数多《あまた》の甲冑《かっちゅう》は現れるも……ショルダーシールドにⅪのマーキングを施した彼らは一歩たりと聖堂に踏み入れようとはしない。信徒を外へと誘導《ゆうどう》する声が、彼方《かなた》から響《ひび》いてくるのみ。

「無駄《むだ》です。私の配下には、何人《なんぴと》をも聖堂へ立ち入らせぬよう命じてあります」

一縷《いちる》の望みを懸《か》けるようにフェリオールが言う。そして伊織が油断なく銃把《じゅうは》を握り直す。

「闇《やみ》の世界で雷神《らいじん》とまで呼ばれた男だ、まだ死なんはずだな？　終わりにしろ枢機卿。まだ間に合う」

小口径ゆえに破壊《はかい》力はない。伊織の勧告《かんこく》通り、彼にはまだチャンスが残されていたはずだった。だが。

「くっ……黙《だま》……れ……！　聖女よ！」

翔希は気付き、腕の中へ視線を落とした。鈴蘭が目を見開いている。赤い赤い瞳《ひとみ》を。自身を失ったような狂《くる》った笑顔《えがお》で。そして翔希は、焼けるような感覚に体を折る。

「吾……川……？」

「……ゲートを全開放します。主が降臨します」

鈴蘭が血塗《ちまみ》れの短剣《たんけん》を手に、天に向かって呟《つぶや》いた。光が音もなく聖堂の天蓋《てんがい》を突き破り、ランディルの哄笑《こうしょう》が響き渡《わた》る。

そうして、チャンスは最悪の形で生かされた。

砕《くだ》け散ったドームの空には、ゲートも失《う》せ、月しかない。静寂《せいじゃく》と闇の中、傷の失せた枢機卿の長軀《ちょうく》だけがおぼろげな光をまとっている。

「見よ。神は、ここに降りた」

③

「クソじじいがぁっ！」

伊織《いおり》が怒りの形相で発砲《はっぽう》するが、弾《たま》は不可視の壁《かべ》に遮《さえぎ》られ、二度と届くことはなかった。魔導障壁《マジックシールド》。魔導力の付加されない純粋《じゅんすい》な運動エネルギーはその壁で大きく殺《そ》がれる。使い手の技量次第《しだい》では、無限小にも近付く。術者が雷神の二つ名を持つほどの者であれば。

泰然《たいぜん》となったランディルが錫杖《しゃくじょう》を向けると、伊織は稲妻《いなずま》の蛇《へび》に打たれ、弾《はじ》き飛ばされた。青年はぼろ切れのように倒《たお》れ伏《ふ》し。

やがて鈴蘭の目の前に、勇者が崩れ落ちる。

「がはっ⁉」

「失せよ、悪」

（……………！）

我に返った鈴蘭は、まず悲鳴した。

取りこぼした短剣。手指にまとわり付いたぬるい血潮、それを流して倒れ伏した翔希の姿。

「せんぱい！　ご主人様……！　そんな⁉　私どうして……！」

「大丈夫《だいじょうぶ》……俺は平気だ吾川……っく……」

苦鳴しながら翔希が這《は》いつくばっている。壁《かべ》にもたれるのはフェリオール。入り口近くにはぐったりとしたクラリカに……ただ突っ立っているリップルラップルと、その少女をかばうように寄り添《そ》うみーこ。

そして歩み寄る老人。

「何をしているのだ聖女よ。さあ、我に力を捧《ささ》げよ。我はまだ完全ではない」

「あなたは……」

「さあ、神に力を捧げるのだ。汝《なんじ》を苦しめた全《すべ》てに、我が神罰《しんばつ》を与《あた》えてやろう」

「あっ……!?」

ランディルの視線に射抜《いぬ》かれた途端《とたん》、鈴蘭の胸の裡《うち》には黒い感情が沸《わ》き起こってきた。

それは親に捨てられた感情。それを元に周囲に差別され、蔑《さげす》まされた感情。親がいないことで疎《うと》まれ続けた感情だ。その時々の思い全てが、坩堝《るつぼ》に溶《と》かし込まれたように深く、重く、濃《こ》く、蝕《むしば》むようにのしかかってくる。

「見よ。この者どもも全て、お前を利用したに過ぎぬ」

「……!?」

数々の会話。伊織の視点から、フェリオールの視点から、クラリカの視点から……画策する様子が確かな視覚となって鈴蘭の中に再生されていく。ランディルが見せているのではなく、ランディルを中継《ちゅうけい》して彼らの記憶《きおく》が流し込まれている、という表現が正しいのだろう。

全ての視点に、その折々の、あまりに現実的な細微《さいび》な感情の変化までが見えるのだから。まるで今、自分がその人物であるように。

「わたしを……みんなが？　……私を……」

「そうだ。聖女よ」

「よせ……やめろ!」

鈴蘭の間近まで迫《せま》ったランディルの足を摑《つか》もうとした伊織だが、彼は触《ふ》れる事もできずに、電光に弾かれる。

「そう……騙《だま》したんですよね。ご主人様も」

「……そうだな。否定はせん」

情けなく仰向《あおむ》けに転がった青年へ向け、鈴蘭の険しい目は輝《かがや》きを増した。赤を濃くして。

「だが、これだけは言っておく。信じたのは君だ」

「……」

苦し紛《まぎ》れの詭弁《きべん》？

いや。これは違《ちが》う。

「……ご主人様……」

そうだ。

いらついたのは、誰《だれ》も信じられなかった自分。心の底から信じ切れなかった嫌《いや》な自分だ。だからいつしか、そんな自分さえ信じられなくなり、怖《こわ》くなった。だからあの夜、怖くて、怖くて、死んでしまおうと思った。

伊織と出会ってからというもの、彼のやり方は確かに強引だった。あんまりにも無理矢理《やり》で、色々大変な目には遭《あ》ったけど……だからこそ、それらは全て信じざるを得ない状況《じょうきょう》ではなかったか。

伊織がそれを意図していたのかはわからない。でも結果として振《ふ》り返ってみれば、私は信じてきた。伊織を信じて、翔希を信じて、フェリオールを信じていた。

伊織もフェリオールも、画策はしていたけれど、それは私を信じてくれていたから。二十億円分の働きをするって言った私を、生きるって決めた私を、信じてくれていたからだ。

私は、答えなくちゃいけない。

「神である私には見える。汝を苦しめた全てが。さあ、あのような愚者《ぐしゃ》を一掃《いっそう》し、新たな世界を作るのだ」

差し伸《の》べられた手。暖かく、慈愛《じあい》に満ちた瞳《ひとみ》。孤児院《こじいん》で院長先生が化けてたサンタクロースのよう。

だが鈴蘭は首を振り、ランディルへ向けて顔を上げた。

「さっき……一緒《いっしょ》に見えました。あなたの心が」

たっぷりと間を置いて、含《ふく》みを持たせて、鈴蘭は種明かしする。

「あなたもみんなを騙してたんですね。ゲートなんてただの演出。嘘《うそ》っぱち」

ぽかん、と口を開けたのは全てを企《くわだ》ててきたはずの伊織であり、フェリオールだった。

ちょっといい気味。

今まで振り回された分だけ、鈴蘭はそんな二人の表情に、少し得意になって続ける。

「そう、神も……神を降ろす聖女も最初からいやしないんだ。あなたは私の中に流れる魔王《まおう》の血が欲しかっただけ。力を手に入れた後、神様になりすますために演出しただけ」

「……」

「そうしろって〝ゼピルム〟に言われたから。神になりすましたあなたが、表側から魔人たちのいいように人間を支配する。そして、私の中の魔王の血を使って、本当の魔王を蘇《よみがえ》らせる……ううん。今はもう、あなた自身が魔王になるつもりだ。違いますか」

「い、い、見えたままを述べると、最早《もはや》隠《かく》し切れぬと悟《さと》ったか、隠しても無意味と判断したか……それともそれが本性《ほんしょう》なのか。

ランディルの表情は一変した。

「……それでどうした小娘《こむすめ》が。今の汝で我に敵《かな》うとでも思っているのか。操《あやつ》られねば魔法どころか、魔導力さえ意識できぬ汝が！」

「そう。やっぱりそうなんですね」

言いながら鈴蘭が思い浮《う》かべたのは、たくさんの父と母の笑顔《えがお》。

「……みんなそうだったんです。みんなみんな、最初はそうやって優《やさ》しく笑って……私を裏切ったんです。でもご主人様の言ったとおりです」

鈴蘭は笑った。

「それを信じた私がいました」

鈴蘭は笑う。黒い瞳で。

「私の親は、みんな私を捨てたけど……でも私は今、そのみんなに感謝してます。だって私、その誰か一人でもいなかったら、今ここにいることすらなかったんです」

捨てられて捨てられて、自分はいらない子としか思えなくて、何度も死のうと思って。

それでも、みんなの目に映った今までの私は、あんなに楽しそうだった。

そして私は、楽しかった。

「……私、みんなを信じてよかった。だから私、みんなを守らなくちゃ」

さあ、応《こた》えよう。私を信じてくれたみんなに。

そうして鈴蘭は短剣《たんけん》を拾い上げ、立ち上がる。

「ほう。我の召喚《しょうかん》してやったただの短剣一本で、我に立ち向かおうとでもいうのか」

「違います」

鈴蘭は手にした刃《は》で――。

「あなたには、何もあげない」

自分の首筋を掻《か》き切った。

伊織、フェリオール、みーこ、翔希……全員が、その様子を愕然《がくぜん》として見詰《みつ》めている。

誰も、命を粗末《そまつ》にしてはいけない――そんなリップルラップルの言葉が蘇ってきた。

でも、これは粗末なんかじゃない。

怖くて、逃《に》げたくて死ぬんじゃない。

私が死ぬことで、みんなが幸せになってくれるんだ。だったらこの死が、精一杯《せいいっぱい》の私の価値だ。私が生きてきた最大の意味だ。

「みんな。ありがとう……私、幸せだったよ」

なんて綺麗《きれい》な月だろう。

歪《ゆが》みゆく世界に笑顔で別れを告げ、鈴蘭は崩《くず》れ落ちた。

——だがそれを見て、笑う者が一人だけいた。

「ははっ！　はははははっ!!　愚《おろ》かだ。あまりに愚かだ！　それで邪魔《じゃま》をしたつもりなのか!?」

老人と呼ぶにはあまりに生気に満ちた彼が、鈴蘭の体内に手を沈《しず》める。おぞましい気の後に、彼の手中には美しい翡翠《ひすい》色の輝《かがや》きを放つ、光の玉が握《にぎ》られていた。

「まさか自ら死を選び、明け渡《わた》すとはな。信じる？　幸せ？　下らん！　力ある者がより上に立つ、ただそれだけだ！　神の呼び名さえその後についてくるに過ぎんのだ！」

ことさらのように老人は、少女の顔を覗《のぞ》き込む。

「……そして新たな世界に愚者は要らぬ。犬死せよ。ふはははは！」

ランディルが、玉を自身の体内に埋《う》め込んだ。輝きの後、立っていたのは髪《かみ》も、眉《まゆ》も、髭《ひげ》も、黒々とした——中世の覇王《はおう》の如《ごと》き男の姿。月にも届かんほどに、咆哮《ほうこう》のように高笑いする、神。

「そっか……」

鈴蘭は呟《つぶや》いた。

私には、何の意味もなかったんだ。

（一生懸命《けんめい》、生きてきたつもりなんだけどなぁ……）

際限なく体が冷えていく。心が冷めていく。闇《やみ》と静寂《せいじゃく》が近付いてくる。

死の感覚の中で鈴蘭は止《と》め処《ど》もなく泣き。

泣いて。

叫《さけ》んだ。

「ちっくしょおおおおおおおおおおおおおっ——!!」

④

「完璧《かんぺき》だな。全《すべ》てが見える。全てが分かる。素晴《すば》らしい。これが魔王《まおう》……いいや神の力か!!」

「裁きの雷《かみなり》、主の導きにより闇を滅《めっ》せよ——サンダラーズ・レイン！」

フェリオールの声に呼応し、大気中の魔導力が配列を変え、それは瞬時《しゅんじ》に幾百《いくひゃく》もの雨粒《あまつぶ》の如き白雷《はくらい》の渦《うず》となって姿を現す。落ち残ったドームの天蓋《てんがい》を打ち砕《くだ》き、焦《こ》がし、蒸発させ、熱風を巻き起こす。

鋼鉄さえその大電力の前に電子を弾《はじ》かれ塵《ちり》と化す、電雷系統の最上級魔法。フェリオールが現在使いうる最強の魔法である。

『雷神』ランディルより教わったもので、それが彼にどこまで通用するかはフェリオール自身も怪《あや》しかったが、無論これが決定打ではない。

「ああ……あああああっ!!」

哀《かな》しみに怒《いか》り狂《くる》った、鬼神《きしん》の如き勇者が吠《ほ》える。

「光よ、勇者の名の元に集《つど》えっ!!」

腹腔《ふくこう》の流血もそのままの翔希が跳躍《ちょうやく》し、ランディルへと剣《けん》を突《つ》き立てたのは、電光の嵐《あらし》が止《や》むか否《いな》かのまさに瞬間。

「ライトニング・エクスプロージョンっ!!」

勇者自らの足場も失うような光の爆発《ばくはつ》が、ドームの中に溢《あふ》れ返る。

物理的に観測すれば、フルパワーの戦車砲弾《せんしゃほうだん》以上だろうエネルギーが剣の切っ先を媒介《ばいかい》し、限りない一点から炸裂《さくれつ》するのだ。魔導障壁《シールド》以外に防ぐ手立てはない。

そこにフェリオールは勝機を見た。

おそらくランディルは、さきのサンダラーズ・レインによって対電雷系魔法のそれを展開していたはずだ。であれば、およそ翔希が飛び込んだあのタイミングでシールドを発動し直せるはずはない。

明滅《めいめつ》。振動《しんどう》。静けさが、波の引くように緩《ゆる》やかに戻《もど》ってくる。

決着した……フェリオールが、己《おの》が師の幕切れに、健気《けなげ》な少女の有様に、寂寥感《せきりょうかん》を覚えようとした矢先だった。

「がッ……!?」

血を吐《は》いた翔希が木の葉のように吹《ふ》き飛ぶ。

そこには、法衣の煤《すす》を払《はら》ったランディルが、何事も無かったように聖堂の中を眺《なが》め渡している。全てを我が物、我が思いとした傲慢《ごうまん》な威風《いふう》。まるで圧倒《あっとう》的な戦力差。それを誇示《こじ》するかのごとく。

そのままでさえ神威《しんい》の雷光と恐《おそ》れられた男が、まさに魔王の力をも手にしたのだ。次にはフェリオールの胸にも電撃《でんげき》の矢が刺《さ》さり、激痛が駆《か》け抜《ぬ》けていた。

（っ……⁉　早い……！）

サンダラーズ・アロウか。電雷系統の最下級魔法だが、故《ゆえ》に最も隙《すき》のない魔法でもある。それが雷神の二つ名を持つような熟達者の手によればどうなるか。その答えがこれだ。

呪文《じゅもん》を擁《よう》せず、シールド展開の隙さえ与《あた》えられない速度で発動し、かつ威力は第三階　魔導《マジックコ》皮膜《ーティング》の衣装《いしょう》さえ貫《つらぬ》く。

「フェリオール司教！」

「来るな！」

フェリオールは、望み戦場へ駆け寄ろうとする聖騎士《きし》団を厳しく叱責《しっせき》した。司教たる己の魔法どころか、勇者の魔法剣さえも通用しなかったのだ。もはや彼らが手に負える代物《しろもの》ではない。悪戯《いたずら》な犠牲《ぎせい》は無用に過ぎない。

「総員退避《たいひ》しなさい」

「ですが司教っ……！」

「命令です!!」

常日頃《ひごろ》、春風のように穏《おだ》やかな司教が初めて見せた厳格な声音《こわね》と、断固たる眼差《まなざ》し。

聖騎士団は身をすくめ、自らに死ねとでも命じられたように逡巡《しゅんじゅん》した後……ようよう、クラリカを保護して踵《きびす》を返すに到《いた》った。

だが、それで事態が好転するわけではない。

「どうしたフェリオール。どうした翔希よ。もう終わりなのか？　さあ司教、神威とやらを見せるがいい。勇者よ、選ばれし者の秘《ひ》めたる力を見せてみよ」

魔王の力で神を名乗る男は、万感の笑《え》みで宣言する。

「そうとも、これは神の慈悲《じひ》だ！　我も存分にこの力を試《ため》したい。そして我が目に適《かな》えば、新たな世界で使ってやらぬこともない。さあ誰《だれ》かおらぬか？」

しじまを破り、声を出したのは……黙然《もくぜん》とつっ立って、それまで成り行きを見守っていただけのリップルラップルだった。

無表情のまま述べる。

「ノエシスプログラムの管理者として、認定《にんてい》するの。現状は局地的に、状況《じょうきょう》Dを逸脱《いつだつ》したの。Cなの」

じっと見入るような丸い瞳《ひとみ》は、まっすぐに伊織へと向けられていた。さきの鈴蘭とは逆。少女の瞳は淡《あわ》い青に輝《かがや》いている。だが、だからどうしろとまでは少女は言わなかった。いや、言えなかったのだ。

「黙《だま》れ闇《やみ》の虫けらが」

閃光《せんこう》が少女を直撃した。少女は、ぽーん……と。何かの冗談《じょうだん》のように高く、長く宙を舞《ま》い、どん、と落ちて、ごろごろと床《ゆか》を転がる。

そしてひょっこりと起き上がる。

「もう、やめなさい！」

みーこが、ランディルへと歩み寄りながら、哀しみと怒りを渾然《こんぜん》として叫《さけ》んだ。いつしかその手に、一振《ひとふ》りの、柄《え》の長い槌《つち》が握《にぎ》られている。

「どうしてこんな事をするの！　信じる心、感謝する心が必要だと言ったのは、あなたじゃないですか！　どうしてそれに気付いた鈴蘭ちゃんを笑ったり、みんなを傷つけるような真似《まね》をするの！　それはいけないことです！」

ランディルは最初こそ、何か珍妙《ちんみょう》な異国の言葉でも聞いたように眉根《まゆね》を寄せていたが、次には感心したようにほくそ笑む。

「ほう……見えたぞ。貴様、太古に魔王《まおう》に仕えた魔人なのか」

本当に、彼には全てが見通せるというのか。

そんな信じ難《がた》いほど深遠な過去を指摘《してき》されたみーこだが、彼女の硬《かた》い表情は緩《ゆる》まない。責めるような目を続けたまま、瀟洒《しょうしゃ》な槌を両手に構えている。

「だが長く生きすぎ、もはや力を失い、食うことと寝《ね》ることしか適わんか。なるほど、人間に傾倒《けいとう》するのが耄碌《もうろく》のよい証拠《しょうこ》だな。だが惜《お》しい。力さえ元のままなら、我の元に置いてやったものを——〝億千万の口〟とやら」

その言葉を聞いた途端《とたん》、みーこが電気でも流れたように体をすくませた。

「あ……？　ぁ……っ」

そのまま痙攣《けいれん》するように片手で顔を覆《おお》い、身をかがめる。

「いや……。……は……もう止《や》め……」

「ほう？　なんだ？」

その有様にランディルが喜悦《きえつ》する。新しいおもちゃを見つけた子供のような目の輝き。

「もしや〝億千万の口〟の力、我に見せてくれるのか？」

問いながら、彼は指を鳴らす。全く気配を見せなかった四人の大強者が、ランディルのそばに姿を見せた。そうして彼らの帯びた魔力を、立ち昇《のぼ》る陽炎《かげろう》のように見たフェリオールは、唇《くちびる》を噛《か》むしかない。

やはり魔人組織ゼピルムの者だろう。でなければ、ランディル一人に土壇場《どたんば》で出し抜かれるなど考えられない。大強者は預言者の第二部同様、枢機卿《すうききょう》独断の管理下だ……事を運ぶに当たり魔人と入れ替《か》えるのは容易であったに違《ちが》いない。

いくら状況を眺《なが》め渡《わた》し、思考をめぐらせても。フェリオールの聡明《そうめい》な頭脳をしても、打開策は浮《う》かばない。

そのままでさえ神威《しんい》の雷光《らいこう》と恐《おそ》れられた男が、魔王の力をも手にしたのだ。挙句、魔人が四人……こちらは魔人はあの女一人。吹《ふ》き飛んだ少女は物の数にも入るまい。希望の勇者は人事不省。絶望的だ。他《ほか》の枢機卿の到着《とうちゃく》など待つ暇《ひま》もない。

「何が嫌《いや》か？　何を止めたのか？　我に聞かせよ」

だが、みーこは俯《うつむ》いた顔を覆ったまま呻《うめ》き、それを上げることもできない。

そのおもちゃが満足に動作しなかったことに諦《あきら》め、そして腹を立てたようなランディルは憎々《にくにく》しげに口を歪《ゆが》め、大強者へ指図した。

「散らせ」

言い置き、まだ息のある全《すべ》てへ止《とど》めを刺《さ》すべく歩き始めたランディル。大強者の抜刀《ばっとう》の音。

四振りの白刃《はくじん》が振り上げられた。

「みーこ、やれ。契約《けいやく》の元に伊織家の当代として命じる」

伊織の静かな声で、みーこの震《ふる》えはぴたりと収まる。そうして顔を覆った手指の隙間《すきま》にて、みーこの瞳が爛《らん》と輝いた。

「ヨワイモノイジメなんか、大嫌《だいきら》い……」

⑤

どちゃっ。

水っぽい音に振り返ったランディルが、唖然《あぜん》として目を見開いた。

床から生えた巨大《きょだい》な、巨大な、光沢《こうたく》も一切《いっさい》ない真黒きヒル四匹《ひき》。一匹は大強者を鎧《よろい》ごと床に押《お》し潰《つぶ》し、鮫《さめ》が獲物《えもの》を引きずり込むように地中へと消え失せる。その場に残ったのは潰れた拍子《ひょうし》に散った臓物のカケラと鮮血《せんけつ》。

「ぎゃあああああああああああっ!!」

悲鳴の合唱は壁面《へきめん》から。ヒルの口に押さえつけられた三人の大強者が、泣き叫び、もがいている。噛み砕《くだ》く音、すり潰す音、すする音、飲み込む音、流動する音……ヒルの胴体《どうたい》がうねり、蠕動《ぜんどう》するたびに、不快な音が月下に響《ひび》き渡る。

「なっ……。あれ……は……?」

凄惨《せいさん》な光景からくる吐《は》き気を押し殺しながら、フェリオールは一人ごちずにいられなかった。魔物《まもの》に例えればワームに形状が近いが、形状だけだ。そもそも、準オリハルコン圧延鋼板である大強者の鎧を砕き、魔人を駆逐《くちく》する魔物などありえない。

「野槌《のづち》だ」

こちらの呟《つぶや》きが聞こえていたのか、神妙《しんみょう》な様子の伊織が答えた。フェリオールは彼の言葉をそのまま繰《く》り返す。

「ノヅチ……？」

「貴様に日本の妖怪《ようかい》と言ってもわからんだろうが……あれにかかれば喰《く》えないものは無いらしい。そういうものだ」

「四人の魔人《まじん》を一息……ですか」

「魔人《カミ》を以《もっ》て魔人《カミ》を堕《お》とす——邪流《じゃりゅう》の意味がわかったか。もう、彼女の気が済むまで止まらんぞ。僕もそうだが、貴様も覚悟《かくご》しておけ」

（……まさか）

伊織の言葉を、フェリオールは呆《あき》れ気味に否定した。時として折として、永きに渡り協会内で持ち上がる話題を嘲笑《ちょうしょう》した。せずにいられなかった。

魔王なき後、一国を成すほどいた魔人どもはどこへ失《う》せたのか。一説に、魔王を失った魔人どもが逃《に》げ込んだ闇《やみ》の楽園があるという。

それは、あるいは大陸の果ての小さな列島であると。時が流れ、そこは他ならぬ人間たちによって神国と呼ばれたと。世界に唯一《ゆいいつ》、八百万《やおよろず》と呼ばれるほどの精霊英霊《カミガミ》が宿りし国——そして世界中に散らばる神話の神々とは、過去最も強き魔人どものなれの果て——。

馬鹿《ばか》げた思考は、ひっきりなしの悲鳴に遮《さえぎ》られる。

「足がぁあああああ!!　足！　あし!!」

「いやだあああ！　いやだああああっ!!　いやだあああ!!」

悲鳴はヒルに飲み込まれた後からも、その中からくぐもって響いてくる。それが徐々《じょじょ》に遠く、力なくなっていく。

ぺろり、と。みーこが自分の唇《くちびる》を舐《な》めた。強い自責の念に、わずかばかりの満足さを含《ふく》めた顔は妖艶《ようえん》ですらある。

「どうして澱《おり》を乱すんですか？　それはこんなに悲しいことなのに」

それぞれの食事を終えたノヅチが鎌首《かまくび》をもたげてうねり、ランディルの方へ向いた。まぁるい口から血糊《ちのり》を滴《したた》らせ、喉《のど》の奥まで生えた無数の牙《きば》は何かの破片なりビニールのような切れ端《はし》なりを引っかけ、ゆらゆらぶら下げている。

「たかが時代遅《おく》れの魔物、老いた魔人ではないか！」

ランディルが杖《つえ》を回転させ、袈裟《けさ》斬《ぎ》るように一閃《いっせん》させた。軌跡《きせき》に沿って飛来した雷光が鞭《むち》のようにしなり、四匹のノヅチを引き裂《さ》く。ヒル状の頭は落ちると、音もなく床《ゆか》に触《ふ》れ、そのまま溶《と》けるように地の底へ沈《しず》んでいく。

「我をあのような下位の魔人と同一視してもらっては困る」

「それでも……あなたが鈴蘭ちゃんから抜《ぬ》いたのはほんの欠片《かけら》ですよ」

馬鹿な。今のランディルはまさに完璧《かんぺき》ではないか。この仕上がりでさえ欠片だとのたまうのか……そう思ったのは伊織であり、フェリオールであった。真偽《しんぎ》の程《ほど》は定かではないが、なまじ闇の世界に身を浸《ひた》した二人は驚《おどろ》きをもって彼女の言葉を受け止めるしかできない。

「だから、ヨワイモノイジメにしかならないんです。どうして優しいたぁくんが悪の組織だなんて名乗って、一生懸命《けんめい》頭を使って、走り回ったかわからないんですか？　もう、そっと……静かに眠《ねむ》りたいだけの瀰を乱しちゃいけないって、知ってるからです。私たちにヨワイモノイジメをさせたくないからです」

挑発《ちょうはつ》どころか、聞かん坊《ぼう》に当たり前を言い聞かせるようなみーこの態度。

「おのれ……その自惚《うぬぼ》れ、身をもって知るがいい！　神の怒《いか》りだ!!」

みーこの足元で爆発《ばくはつ》が起こり、彼女の体が宙を舞《ま》う。月にまでその華奢《きゃしゃ》な影《かげ》が重なろうかというところでランディルは杖を振《ふ》り下ろし、大蛇《だいじゃ》の如《ごと》き雷《かみなり》にて叩《たた》き落とす。

そうして一身に、まさに神々しいまでの光を集めたランディル。光の帯が聖堂を駆《か》け抜け、神殿《しんでん》の全ての壁《かべ》を破り、遠方のビルの頂点まで突《つ》き刺《さ》さり、触れる全てを無音のうちに崩壊《ほうかい》させていく。

一篇《いっぺん》の呪文詠唱《じゅもんえいしょう》もなく放たれる高度な魔法の数々は、彼の力量の高さを示しているに他ならない。魔導力を文字通り、意のままに支配しているのだ。

「はっ……ふははっ！　終わったな、食欲魔人」

「あら、懐《なつ》かしい。でも、何が終わったんですか？」

もうもうと立ち込める爆煙《ばくえん》の中から聞こえた間延びした声に、ランディルが笑顔《えがお》を凍《こお》りつかせる。

視線の先で、みーこは腕組《うでぐ》みしたまま、平然と立っている。ヘッドドレスが飛び、ラベンダー色のリボンが千切れ、鮮《あざ》やかな黒髪《くろかみ》が彼女の背に広がる以外に、何らの違《ちが》いもない。

「終わったのは茶番ですか。それとも遊びですか？　ううん、そんなはずない」

言い放つみーこの顔には笑顔。しかし、フェリオールが以前にここで見た、あの優しさの面《おも》影《かげ》は無い。操《あやつ》られていた鈴蘭ともまた別の、差し迫《せま》ったような笑顔がその美貌《びぼう》に張り付いている。

「だってあなたは人の子の分際を越《こ》えたんでしょう。外の世界の……第四世界の楽しい遊びは、これから」

わっ、とノヅチの群れが床から湧《わ》いて出てきた。十四《ぴき》以上だ。ランディルを取り囲み、種付けたヒマワリが項垂《うなだ》れるように、牙光る口腔《こうこう》を下に向ける。

彼が稲妻《いなずま》で断ち、閃光《せんこう》で焦《こ》がしても、ノヅチは後から後から生えてくる……億千万の数を表すように。

その異様に、神を名乗った男はいよいよ総毛立ち、身を震《ふる》わせ始めていた。純然な力に対する恐怖《きょうふ》。

その化身たる女はいよいよ喜色を増して、友人でも迎《むか》え入れるように両手を広げる。

「さあ、始めましょう！　外の世界の大・祝賀会！　第四世界の闘争《とうそう》を！　潰《つぶ》し合うだけのパーティーを！　マラー、アヌビス、斉天大聖《せいてんたいせい》、トラソルテオトル、ベルゼベブ……みんな、みんな懐かしい！　さあ、またみんなで潰し合いましょう‼」

神話上の名だたる神の名を列挙し、童女のようにみーこがはしゃぐ。ノヅチが踊《おど》る。その目はランディルよりも、遥《はる》か彼方《かなた》を見るかのようだ。

そんな、完璧に飛んだみーこの隙《すき》を窺《うかが》い、ノヅチの一匹を雷光《らいこう》で払《はら》うランディル。

「ならば、完全に力を手に入れるまでのこと！　いいや、それが出来ずとも……」

駆け出し、倒《たお》れたままの翔希と鈴蘭を両手に抱《かか》える。

「この二人を連れ帰れば、〝ゼピルム〟も我を認めざるを得まい……！」

「いけない！」

フェリオールは叫《さけ》び、立ち上がろうとしたが、激痛がそれを許さない。喀血《かっけつ》し、膝《ひざ》を折る。

そうする間にも、ランディルの体は虚空《こくう》に溶け始めていた。

「ちっ、逃《に》げるつもりか……！」

伊織がその様子を見やり、銃《じゅう》を構えるが、彼も傷を負っている。流血こそないが肋骨《ろっこつ》くらいは折っているはずだ。かすむような瞳《ひとみ》には力が入りきらず、照準も定まらない。

ランディルは薄《うす》く笑っていた。

「もう一度言おう。信じることが何になる。協会に身を置き、七十年もの間信じ続けてきた神は、結局我に何をもたらしたというのだ？　だが彼らは違う……フェリオールよ。そして伊織とやら。寸前まで我を追い詰《つ》めた実力はゼピルムの上層部にも報告しておいてやろう。気が向いたなら訪ねてくるがよい――」

最後にその余裕《よゆう》の笑みが虚空に消えて、声の余韻《よいん》だけがこだまする。フェリオールは痛む胸を押さえたまま嘆息《たんそく》した。

「……完全に……してやられましたね」

「くそっ……よりによって隔離《かくり》世か！　沙穂がいれば見通せるのだが……」

俗《ぞく》に言う幽霊《ゆうれい》が住む、無段階深度の並行世界にジャンプしたのだ。かの地で起こった事象は、現実世界には全く関与《かんよ》しない。だが座標を移動してそれを脱《だっ》すれば……外からも関与できないのだから、今のランディルのように逃走《とうそう》にも使用できる。無段階であるから、追うために新たに隔離世に入っても同じ深度に到達《とうたつ》できるかは難しい。

「……私は大神殿へ戻《もど》り、他《ほか》の枢機卿《すうききょう》の指示を仰《あお》ぎます」

「……そうか。では僕は……」

伊織とフェリオールが諦《あきら》めかけたときだった。

「そんなに素敵《すてき》な魔王をどこへ連れて行くの？」

恍惚《こうこつ》としたような女の声が耳朶《じだ》を打つ。それまでより二回り以上も巨大《きょだい》なノヅチが、ランディルを追って虚空を行き過ぎ……何も無い場所で引っかかった。

いや、喰《く》らい付いたのだ。


ずしんっ!!


膝を打ち砕《くだ》くごとき直下型地震《じしん》によって、空間に亀裂《きれつ》。違う、亀裂が入って空間同士が無理につながり、現実世界が揺《ゆ》れたのだ。

万力ででも締《し》め上げるように、ぎりぎりと、ノヅチの顎《あご》はさらに、いびつに、たわんでいく。

「なっ……!?　みーこ！　よせ！」

焦燥《しょうそう》する伊織の声も届かない。

「ヨワイモノイジメは、嫌《きら》い」

みーこは挑戦《ちょうせん》するような笑みで口の端《はし》をもたげていく。ノヅチはそれと連動するかのように、狂《くる》おしく身をよじらせ、より深く牙《きば》を食い込ませる。


きっ!!　きぎゃあああああっ――!!

空間の亀裂は蜘蛛《くも》の巣状に広がり、成層圏《せいそうけん》からの大気がねじり切られていくような凄《すさ》まじい音で、全てが鳴動する。振動《しんどう》で、聖堂の壁《かべ》という壁が崩落《ほうらく》していく。

「無理、無茶《むちゃ》、無謀《むぼう》は……大好き！」

笑ったままのみーこが、かっと目を見開いた。


果たして、神殿《しんでん》どころか東京程度なら消し飛んだのではないか……自身の生命も、この世の運命も覚悟《かくご》したフェリオールだったが——何も起こらなかった。

恐《おそ》る恐る目を開けると、みーこと、ノヅチのあった空間が薄黒い幕に覆《おお》われている。

その前にぽつんと佇《たたず》んでいるのはリップルラップルだった。吹《ふ》き飛ばされて転がって以降、その場でじっと成り行きを見守っていただけの少女が今、容姿にも身の丈《たけ》にも合わぬ、大人の背ほどもある荘厳《そうごん》な錫杖《しゃくじょう》を手に、髪《かみ》と、瞳とを鮮《あざ》やかなブルーに輝《かがや》かせている。

伊織が連れてきたのだ。この少女もただの魔人《まじん》ではないのだろう。

「よくやったリップルラップル！」

伊織の声に、少女はとん、と錫杖を床《ゆか》に突《つ》く。シールドが霧散《むさん》した。少女の髪も瞳も元の色に戻り、そこには傷つき倒れた翔希と、彼をかばうように覆いかぶさった鈴蘭が、淡《あわ》い光に包まれている。

やがて、ふっ、と。鈴蘭の表情から力が抜《ぬ》けると、光も消える。

「鈴蘭が……あの空間破砕《はさい》からクソガキを守ったのか。まったく、聖女のような奴《やつ》だ」

「ええ……そのようです」

そうして重なり合う二人を見詰《みつ》めているのは、聖母のような女性だった。どこか眠《ねむ》たげな垂れ目をした彼女のそばに、禍々《まがまが》しいヒルは跡形《あとかた》もない。

傍《かたわ》らにはもう一人。勇者の剣《けん》に、深々と胸を貫《つらぬ》かれた老人が倒れ伏《ふ》していた。

「ふん……結局、最後に決めたのはクソガキか。勇者のような奴め」

フェリオールは伊織の憎《にく》まれ口に苦笑《くしょう》する。

⑥

「まあ。そういうわけだ鈴蘭」

「いや……全然わかんないんですけど……」

自殺を図《はか》り、意識を失ったのは確かだが……その後はまるで覚えていない。どうして目覚めたら翔希の上にかぶさっていたのかも。自分で付けた首の傷も、すでにない。伊織曰《いわ》く、その回復力は魔王の力ということで説明できるらしい。

（でも、枢機卿に取られたんじゃなかったっけ……）

そんな気がするのだが。

この聖堂で何かしでかしたらしいみーこは、今は見えないソファにでももたれるように、浮《う》かんで眠っている。翔希は翔希で、協会関係者の手によって治療《ちりょう》を施《ほどこ》されている。

よろけながらも出口へ向けて歩き始める伊織の前に、手当てを終えたフェリオールが現れた。以前と変わらぬ笑顔《えがお》で。心なしか、安堵《あんど》も混ざっているだろうか。

「ご苦労様でしたね、貴瀬。いえ、私たちはしようもない道化を演じたわけですが」

「ふん。役目は果たしたのだ。約束は守ってもらおう」

「当然です。といっても……」

フェリオールは苦笑しながら、聖堂の中を眺《なが》め渡《わた》した。ミサイルでも落ちたのかという惨《さん》状《じょう》の中、フェリオールに事情を説明された騎士《きし》たちが後片付けに追われている。

なぜかリップルラップルがそれを指図しているのは、ともかくとして。

「このありさまですからね。元よりここはランディルが今日のために建てたような神殿ですし、惜《お》しくはありません。東京からは撤退《てったい》しますよ」

「そうか」

伊織は再び歩き出す。

そしてすれ違《ちが》いざま、フェリオールの目は冷酷《れいこく》な輝きを放った。

「空いた枢機卿《すうききょう》の座には、いずれ私が着きます。いつまでも闇《やみ》が続くとは思わないことです。私は手加減しない」

伊織は俯《うつむ》き、眼鏡《めがね》を押し上げる。

「あれを見てまだそんなことが言えるのか」

「あの程度で臆《おく》するとは、あなたはやはり優《やさ》しすぎます。真の光を知らない」

二人は互《たが》いの、背を向けた方を見詰めたまま。

「今あなたを見逃《みのが》すのは……天に唾《つば》するという行為《こうい》を後悔《こうかい》させるために、時間を与《あた》えるに過ぎません。次に会ったときは殺します」

「そうか。ではそれまでに貴様もよく考えておくことだ。その言葉を吐《は》いた相手が誰《だれ》なのかということを」

二人は静謐《せいひつ》な表情のまますれ違った。

二人ともが、鈴蘭の知っている二人ではなかった。

「あ、あの……？」

「鈴蘭さん、よくやってくれましたね。本当に感謝しています」

目元を緩《ゆる》めたフェリオール。伊織とのやりとりが嘘《うそ》のようだ。握《にぎ》られた手は、笑顔と同じように暖かい。

「ハァ……なんか、バタバタしてボーっとして自殺してただけの気がするんですけど……」

「我々の力が到《いた》らないばかりに、闇を利用せざるを得なかったのは不本意ですが……おかげで世界は救われました。あなたの真摯《しんし》な気持ちが、あの魔人の心までをも動かしたのです」

「それは……それも計算ずく、ですか?」

「まさか。人の気持ちは無限ですよ。あなたがあの時、感謝する事を見出《みいだ》したように」

フェリオールは一層笑みを深めた。

うまくはぐらかされたような気もするが、結果がオーライらしいのでよしとする。大体がこの世界の人たちは意味不明な単語を並べて、ウソかホントかわからないことばっかり言うし。実際それで騙《だま》されたわけだし。

「東京の神殿《しんでん》はなくなりますが、何かお困りの事がありましたら……そうですね、翔希さんを通してご一報ください。私が何よりも優先して伺《うかが》います。それでは」

フェリオールがにこやかな顔のまま立ち去る。

つまりは神殿協会の……話通りだとすれば将来の枢機卿が味方となったわけで。もちろん、この神殿がなくなるということは、協会は再び第三世界——闇の世界に潜《もぐ》るのだろうが、それでも何か心強い。

いや、こんな自分でも何かの役に立てた……そして彼はそれを認めてくれた。そういう満足感なのかもしれない。

(えへへぇ……かなりいい感じですか私?)

「何をへらへらしている鈴蘭。帰るぞ。みーこを連れて来い」

「へ? 寝《ね》てますけど?」

「あいつは浮いたままなら滑《すべ》るのだ。早くしろ」

「あ、はい……」

「それと、そこでうろちょろしているリップルラップルもだ」

「はいはい……」

鈴蘭は軽く返事して走り出す。

「ったく、世界が傾《かたむ》きかけたというのに……うちの連中は」

伊織は嘆息《たんそく》しながら眼鏡を押し上げ、疲《つか》れた足を引きずるように歩き出す。

エピローグ

緑豊かな庭園の一角に、その小柄《こがら》な老人はいた。品の良いスーツに包んだ背筋は伸《の》び、ほっそりと優しげな目元で朝早い空を見詰《みつ》めている。

「宮内庁《くないちょう》神霊《しんれい》班、那田《なた》です」

黒いスーツに身を包んだ中年の男は自身を名乗り、細面《ほそおもて》には適度の緊張《きんちょう》をして、老人の背に恭《うやうや》しく頭を垂れた。

「全て、つつがなく終わりましてございます」

「ご苦労様でした。伊織家の当代には、篤《あつ》く、礼を言っておくのですよ」

「はっ。しかし、お言葉ながら……政府の方より多数の苦情が舞《ま》い込んでおります。いかに力ある神殺し四家と言えど、伊織家の横暴には目に余るものがございます。よもや礼などには及《およ》び……」

言いかけ、男は、振《ふ》り返った老人の目に射すくめられる。その老人が初めて見せた、教師が教え子を叱《しか》るような、強い眼差《まなざ》しに。

「あなたは戦後、GHQがこの家を政治から切り離《はな》した、その本当の理由を知っていますか？」

「いえ……それは……」

「では覚えておきなさい。その四家を、この家が従えていたからということを」

連合軍が、その最たる戦力を誇《ほこ》った米軍が、たった四つの家を恐《おそ》れたというのか。

男は驚《おどろ》きに呻《うめ》きそうになるのをじっと堪《こら》えた。そんな彼の様子を、老人はどう受け取ったのだろう。いつもの温和な表情に戻《もど》ったものの、続く言葉には少なくない悲哀《ひあい》を滲《にじ》ませている。

「愚《おろ》かな戦争に負けたこの国は、彼らをその闇《やみ》として追いやってしまいました。それでもなお、我々は彼らに頼《たよ》らずにはいられないのです……ですからせめて、よくよく、礼を言いなさい」

「ははっ」

◆

「さて鈴蘭」

着の身着のまま屋敷《やしき》まで戻ってきて、伊織は開かれた門の手前で立ち止まった。

日が昇《のぼ》り始めた庭では、先に帰っていたらしいみーこと、沙穂と、リップルラップルがいる。

そして、それこそ有象無象の形容が正しい、魔物《まもの》やら何やらが伊織を出迎《でむか》えている。姿こそ魑《ち》魅魍魎《みもうりよう》だが、鈴蘭は今のそれらに、不思議と恐ろしさを感じなかった。

「みーこから聞いたと思うが、あれから三日が経《た》った。ゲートは開いたが……いや、あれは演出だったのだな。とにかく事は解決した。もう君は我が社には必要なくなったわけだ」

「ハァ」

「というわけでクビだ」

「へ？」

何の冗談《じょうだん》だろう。いつものように聞いて、いつも、彼は本気だった事を鈴蘭は思い出す。

伊織は一歩踏《ふ》み出し、門の敷居《しきい》を越《こ》えた。そしてその一歩が鈴蘭には、どれだけ遠くに感じられたことか。

「君はもうこの世界にいる必要はない。い続ければ、帰れなくなる。ここにいる僕たちのように、いつか壊《こわ》れてしまうからだ」

「そ……んな。でも……」

すがるように手を伸ばそうとして、鈴蘭はできなかった。伊織が、朝日に眼鏡《めがね》を輝《かがや》かせて振り返る。

「世俗《せぞく》に帰れ」

鈴蘭はやり場のなくなった手を、おずおずと下げた。行き場をなくした自分を表すように。

「はい……」

「それでいい。いい子だ、鈴蘭」

門が閉ざされていく。みんな去っていく。

みーこが寂《さび》しげに手を振って、リップルラップルも無表情ながら大きく手を振って。

また捨てられた？

恨《うら》みはしないけど、でも……胸が締《し》め付けられるよう。

「ご主人様！　私……」

「退職金代わりと言っては何だが、君の親は見つけておいた」

「え……？」

足音に、鈴蘭は振り返った。

上品な、美しい婦人が立っている。

どこかで見たような顔の、三十過ぎの女性が、嬉《うれ》しそうな、でも申し訳なさそうな複雑な表情でこちらを見詰めていた。

鈴蘭はわけもわからず胸がいっぱいになり、溢《あふ》れ出したものを涙《なみだ》という形でこぼした。

どこかで。それは毎朝の鏡の中で。

「そっくりだな。鈴蘭」

「はい……」

「彼女は名護屋河の先代だ。神殺しの呪《のろ》われた血を嫌《きら》い、遠ざけるために、君を捨てたのだそうだ」

「はぃ……」

「もっともそんなものは何の意味もなかったわけだ。君を苦しめる以外に」

「は……ぃ……」

彼女にも、そんな伊織の声が聞こえているのだろう。つらそうに、つらそうに、目を伏《ふ》せ、嗚咽《おえつ》し、それでも……いや、だからか。我が子を抱《だ》きしめようと、歩くこともできず。

ああ、涙ってこんなにも暖かかった――。

鈴蘭は母の姿を見詰《みつ》めたまま、幾筋《いくすじ》も幾筋もの涙を拭《ぬぐ》いもしない。初めて見る母の姿を一《いっ》瞬《しゅん》たりとも逃《のが》すまいと。

「逃げ出した者どもの末路をしっかりと覚えておけ。それは僕であり、彼女だということを。進むことしかできぬ道から逃げ出せば、そこに魔《ま》が訪《おとず》れる。あの夜、逃げるために死を覚悟《かくご》した君の前に……僕が現れたように。だが進めば、道は続いている。あのクソガキのように諦《あきら》めなければ、いつだってそれは見える」

「……ご主人様は……」

「僕は悪だ。悪は決して勝てない。だから僕は逃げ続ける。これからも」

「……」

「行け。聖女のような君は、そんな悪の組織には必要ない」

「は……ぃ！」

鈴蘭は歩き出した。そして駆《か》け出し、涙を振《ふ》り切って飛び込んだ。帰るべき場所に。

親子の姿が見えなくなる頃《ころ》、伊織は懐《ふところ》で鳴り始めた携帯《けいたい》電話を取り出す。
《宮内庁神霊《しんれい》班の長谷部《はせべ》と申しますが》
聞こえてきたのは最初こそ、金融《きんゆう》機関のオペレーターかと聞き紛《まが》うような、丁寧《ていねい》な女性の声だったが――。
「なんだ、翔香《しょうか》か。今日は随分《ずいぶん》しおらしいな」
《なんだい、ご挨拶《あいさつ》だねぇ。あたしだって仕事中ぐらい猫《ねこ》をかぶるさ》
伊織の声を聞いた途端《とたん》、電話越《ご》しにその姿勢まで想像できそうな、ざっくばらんな言葉遣《づか》いに変化する。
「くくっ、そうか。それで？　その仕事の内容は」
《御《お》言葉を賜《たまわ》ったよ。よーく、お礼を言いなさいってね。できれば直接お目にかかりたいそうだけど》
「いや。有難く承《うけたまわ》りました、とお伝えしてくれ。拝謁《はいえつ》は辞退申し上げる」
《やっぱり、そうかい》
「ああ。悪の組織なのでな。さすがに提《さ》げていくツラがない」
《はっ、悪の組織に勇者サマかい。あたしんちの弟《バカ》もそうだけど、男ってのはなんとも微笑《ほほえ》ましいことだねぇ》

伊織は電話の向こうで、翔希の姉がケタケタ笑っている様子を目に浮《う》かべつつ。

「なんだったら君が出向けばよかったのだ。もういい加減クソガキに、本当の勤め先を教えてやったらどうだ。長谷部家の当代？」

《冗談《じょうだん》。猫かぶってるところなんて翔希には見せられないよ》

「くっ、君の上司もあのクソガキのできのよさを見て驚《おどろ》いていたからなぁ。なんならネコミミでもプレゼントしようか？　それを付けて弟に見せてやればいい。僕がけしかけるよりよほど効く」

彼女も、こちらのニタニタ笑う様を思い浮かべたのか。声のトーンが少々落ちる。

《はいはい……それよりあんた、その悪の組織ってのも程々《ほどほど》にしときなよ。いい加減、政府の方が痺《しび》れを切らし始めてる。今回は総理にまで電話しちまって……そのうち、こっちだけじゃ抑《おさ》え切れなくなるよ》

「ふん、それこそさせておけ。奴《やつ》らは神殺しの力を政府の物にしたいだけだろう。それでネコミミは職場と自宅、どちらに送ればいいのだ？」

ぶつっ。つー。つー。

「……なんて奴だ。しっぽもセットにしてやろうと思ったのだが」

こうなったら、職場と自宅の両方に送り付けてやるしか方法は——。

「たぁくん。女の人の声。だれ？」

声にびくりと振り返ると、むっとしたようなみーこが浮いていた。浮いているから、背後から接近されるとまるで分からないのだ。

伊織は携帯を懐《ふところ》に収めつつ、平静を装《よそお》う。

「君は……話を聞いていなかったのか？」

「最後しか聞かなかったもの。ネコミミなんて誰《だれ》に送るの？」

むくれたみーこが疑わしげに言うのを、伊織は無視。館《やかた》に向けて歩き出すと、浮かんだままのみーこが、見えない紐《ひも》で引かれるようについてくる。

「……ところでたぁくん。いつまで悪の組織なんて続けるつもり？」

「神殺しというだけで食っていける時代じゃないのだ。だから天白家は廃業《はいぎょう》したし、クソガキの長谷部家は剣術《けんじゅつ》道場になった。今回のような御下命《ごかめい》でもなければ、僕らが出向くようなカミなんてものは、もうほとんど残っていない」

「最も強かった魔人のなれの果て……私もそうだったのかしら」

「君は……思い出したんじゃないのか？」

伊織はふと足を止め、頬《ほお》に指を当てるみーこを見た。

「いいえ？　どうして？」

「カミと、自分で言っていたじゃないか」

「そう……？　いつ？」

そうして、彼女たちは忘れていく。この家に居憑《いっ》いた澱《おり》は、基本的に静かでいる事を望んでいる。ロウソクの短くなるように、ゆっくりと消えていく。魔人《まじん》はやがて人となり、魔物《まもの》はやがて自然に馴染《なじ》み、どちらも静かな澱として消えていく。邪流《じゃりゅう》の本来の意味は、断固、力で堕《お》とそうとした本流に反旗し、彼らの望むままに還《かえ》そうとしたことにある——。

だがこの明る過ぎる時代にみーこやリップルラップル、果ては地下や森の奥にいる、行き場をなくした有象無象を飼っておくのは、それはそれはお金がかかる。カタギでも並の悪党でも、火の車は燃え尽《つ》きてしまうのだ。

「ねえ、たぁくん」

「があっ！　いい加減それをやめろ！　むしろなぜそれだけを忘れないのだ君は⁉　鈴蘭はまだ礼節をわきまえていたぞ！」

と叱咤《しった》したところで、彼女が言うことを聞くはずもなし。

「本当に、どこでそんな汚《きたな》い言葉を覚えたのかしら……たぁくん、ちっちゃい頃は可愛《かわい》かったのに」

「もうわかったから飯を作れ、飯を！」

退場宣告する勢いで館を指差すと、すねた顔のみーこは、ふわふわとそちらに向かって行った。

「ったく」

「みーこ、思い出してないの。かるーく、テンパっただけなの」

いつの間にか、リップルラップルが隣《となり》にいた。この魔人の場合、澱と呼ぶには余りに幼いが。

「でも、危ないところだったの。鈴蘭がわたしと同じ、いい子だったおかげなの」

「……今、ダウトと叫《さけ》べる部分があった気がしたのだが」

「それは、気のせいなの」

少女の手に召喚《しょうかん》された木製バットを見て、低く唸《うな》った伊織。たぶんそのうち、新しい金属バットをねだられるだろう。沙穂の刀と一緒《いっしょ》に買わねばならない。

「鈴蘭といえば……成り行きで仕事をさせたとは言え、思ったより使えたものだな」

リップルラップルは、こくこく。

「足が、速かったの」

「そうだ。小回りが利《き》いたのだ。そしてこの僕をご主人様と。そう、ご主人様と呼んだのがいい……我が社が求めているのは、まさにそういった人材なのだ」

「手放すには、惜《お》しい存在なの。連れ戻《もど》すの」

思いもよらぬ言葉に、伊織はふと視線を降ろした。黒目がちな、つぶらな瞳《ひとみ》の少女が、こくこく。

「悪の組織なの。嘘八百《うそはっぴゃく》は、当然なの」

「……」

ぽんと手を打った伊織は口の端《はし》を持ち上げ、眼鏡《めがね》をギラリと輝《かがや》かせた。

鈴蘭の。止まったかに思われた不幸という名の雪玉は……もう少し転がることになる。

あとがき

一生懸命《いっしょうけんめい》な友達に向かって、

「頑張《がんば》るじゃん！」

と言うところを、

「ジャン・バルジャン！」

と声をかけたことがありますか？

もちろん私はありません。本当です。


さて。昨今はアナログな遊びが隆盛《りゅうせい》ですよね（ちょっと時期が過ぎたでしょうか？）。ヨーヨーとか、ビー玉とか、ベーゴマなんかがアレンジされて。元手もさほどかからず、コンピューターゲームのようにプログラムに固定されないので無限の可能性があるわけです。どこかカオス的でいいですよね。そんなわけで私も、学生時代に遊んだ、一風変わったアナログな遊びを紹介《しょうかい》したいと思います。

1・靴《くつ》飛ばし選手権

やり方はいたって簡単。足がぶらぶらする程度の高さの場所に腰《こし》をかけ、靴を足のつま先に引っかけ……そしてお医者さんが叩《たた》く、膝《ひざ》の下のあの部分をトンと叩くだけ！

素晴《すば》らしい！　素晴らしいと思いませんか⁉

つまり『腱《けん》反射を利用した靴飛ばし選手権』ということです。

本能云々《うんぬん》以前の、人体の仕組みそのものを利用したこの遊び！　学校で！　職場で！　ご町内で！　ぜひ一度お試《ため》しあれ！　最初の一分間は爆笑《ばくしょう》が続くと思います（多分）。

ちなみになぜ『選手権』なのかは不明です。

2・超人《ちょうじん》野球

こちらは三つ、用意するものがあります。まずスーパーボール。すごくよく跳《は》ねる、小さな硬質《こうしつ》ゴムボールです。おもちゃ屋さんで売ってるものをあるだけ買い占《し》めてください。それと得物（バットの代わりになるもの。硬《かた》ければ硬いほど有利です）。

そして、これを用意するのが大変なのですが……『舗装《ほそう》された広い駐車場《ちゅうしゃ》』です。駐車場でなくても舗装されていればよいのですが、最低限、駐車場クラスの広さじゃないとゲームになりません。

あとはまんま野球のように試合してください。

スーパーボールの特性をご存知の方なら、その試合の凄《すさ》まじさは想像できると思います。なぜスーパーボールを買い占める必要があるのか、なぜ舗装されてなければならないのかも、想像できると思います。いえ、想像を絶します。

私はある先輩《せんぱい》のおかげで一度だけ参加したことがあるのですが……断言します。少なくとも、人間がプレイできる代物《しろもの》ではありません。それこそ超人でもなければ。

……とここまで書いてなんですが、これは真似《まね》しないでください。悪い遊びなので。

何かあっても私は責任取れません。

しかし私が一番好きな遊びは、空想で色々考えることなんですけどね。それが高じてこうしてものを書いたりしているわけですが。

あ、でもそれより好きなのはテレビゲームで……だめじゃん。

担当さんはこの作品についての思い入れとか、書いてるときのできごととか、イラストの感想とか書けとのことですので、一応そちらにも触《ふ》れておきましょう。

この作品は、えー……特にテーマは無く。音沙汰《おとさた》無かったここ二年の間に書き溜《た》めたものを凝縮《ぎょうしゅく》したと申しますか。言ってみれば虎《とら》の子です。虎児《こじ》です。かと言って虎穴《こけつ》に入ったかと言われると……。

書いてるときのできごとにしましょうか。ね？

えー。えー……と。十一月から二月にかけて書いて直してたと思います。クリスマスはアルバイトをしてました。年が明ける瞬間《しゅんかん》もアルバイト中で……いつ原稿《げんこう》を書いてたのでしょうか、私は？　もっとも、バレンタインデーは……。

イラストの感想にしましょうか。ね？

2C＝がろあ～さんのイラスト。素敵です。ドキドキです。いやぁもう。何と申しますか。ありがとうございます。で、ウチの担当がラフと表紙しか見せてくれないのにイラストの感想書けとか言うわけです。それってどうなんでしょうか。2C＝がろあ～さんの方からガツンと言ってやっていただけると幸いです。

そしてその担当の難波江さん。二年間もよくもまあ辛抱《しんぼう》強く待ってくれていたものです。担当交代の話が出たときには食い下がり、「メガネの似合う知的な美人女性編集者を後任に！」という私の願いはまるで無視してくださすった男気には頭が下がる思いです。またしばらくは一緒《いっしょ》にやって行けると気が楽かな、と私は思います。うそです。これからもよろしくお願いします。

さて、終わりが近付いてまいりました。できれば続編でお会いしたいと思います。

前作からのファンの方はもちろん、そうでない方にも、この作品を楽しんでいただけることを願って。

二〇〇四年六月

林トモアキ

お・り・が・み

天《てん》の門《もん》

林《はやし》 トモアキ

角川文庫 13404

平成十六年七月　一　日　初版発行
平成十六年七月二十五日　再版発行

発行者——井上伸一郎
発行所——株式会社角川書店
東京都千代田区富士見二—十三—三
電話　編集(〇三)三二三八—八六九四
　　　営業(〇三)三二三八—八五二一
〒一〇二—八一七七
振替〇〇一三〇—九—一九五二〇八

印刷所——暁印刷　製本所——千曲堂
装幀者——杉浦康平

本書の無断複写・複製・転載を禁じます。
落丁・乱丁本はご面倒でも小社受注センター読者係にお送りください。送料は小社負担でお取り替えいたします。

定価はカバーに明記してあります。

©Tomoaki HAYASHI 2004 Printed in Japan

S 150-4　ISBN4-04-426604-2　C0193

角川文庫発刊に際して

角川源義

第二次世界大戦の敗北は、軍事力の敗北であった以上に、私たちの若い文化力の敗退であった。私たちの文化が戦争に対して如何に無力であり、単なるあだ花に過ぎなかったかを、私たちは身を以て体験し痛感した。西洋近代文化の摂取にとって、明治以後八十年の歳月は決して短かすぎたとは言えない。にもかかわらず、近代文化の伝統を確立し、自由な批判と柔軟な良識に富む文化層として自らを形成することに私たちは失敗して来た。そしてこれは、各層への文化の普及滲透を任務とする出版人の責任でもあった。

一九四五年以来、私たちは再び振出しに戻り、第一歩から踏み出すことを余儀なくされた。これは大きな不幸ではあるが、反面、これまでの混沌・未熟・歪曲の中にあった我が国の文化に秩序と確たる基礎を齎らすためには絶好の機会でもある。角川書店は、このような祖国の文化的危機にあたり、微力をも顧みず再建の礎石たるべき抱負と決意とをもって出発したが、ここに創立以来の念願を果すべく角川文庫を発刊する。これまで刊行されたあらゆる全集叢書文庫類の長所と短所とを検討し、古今東西の不朽の典籍を、良心的編集のもとに、廉価に、そして書架にふさわしい美本として、多くのひとびとに提供しようとする。しかし私たちは徒らに百科全書的な知識のジレッタントを作ることを目的とせず、あくまで祖国の文化に秩序と再建への道を示し、この文庫を角川書店の栄ある事業として、今後永久に継続発展せしめ、学芸と教養との殿堂として大成せんことを期したい。多くの読書子の愛情ある忠言と支持とによって、この希望と抱負とを完遂せしめられんことを願う。

一九四九年五月三日

スニーカー文庫
SNEAKER BUNKO

機動戦士

ガンダムSEED《シード》 ASTRAY

MOBILE SUIT GUNDAM

矢立肇

原作 富野由悠季

著 千葉智宏（スタジオオルフェ）

イラスト 緒方剛志

どんな依頼も遂行する。
それが俺達傭兵部隊だ――――

C.E.《コズミック・イラ》71。傭兵部隊〈サーペントテール〉の部隊長・叢雲劾《ムラクモガイ》は極秘裏に開発中だった最新鋭モビルスーツ「AST RAY」を手にする――。
『機動戦士ガンダムSEED』の公式外伝、ついにノベライズ化!!

©創通エージェンシー・サンライズ・毎日放送

スニーカー文庫
SNEAKER BUNKO

英雄たちの戦いの舞台は邪竜舞う暗黒の島へ――
新ロードス島戦記
序章 炎を継ぐ者
第1巻 闇の森の魔獣
第2巻 新生の魔帝国
第3巻 黒翼の邪竜
以下続巻
水《みず》野《の》良《りょう》
イラスト／美樹本晴彦
ファンタジーの新世紀が始まる！
スニーカー文庫
SNEAKER BUNKO

明日のスニーカー文庫を担うキミの
小説原稿募集中!

スニーカー大賞

(第2回大賞『ジェノサイド・エンジェル』)(第3回大賞『ラグナロク』)(第8回大賞『涼宮ハルヒの憂鬱』)

吉田 直、安井健太郎、谷川 流を
超えていくのはキミだ!

異世界ファンタジーのみならず、
ホラー・伝奇・SFなど広い意味での
ファンタジー小説を募集!
キミが創造したキャラクターを活かせ!

イラスト/TASA

角川 学園小説大賞

(第6回大賞『バイトでウィザード』)(第6回優秀賞『消閑の挑戦者』)

椎野美由貴、岩井恭平らの
センパイに続け!

テーマは〝学園〟!
ジャンルはファンタジー・歴史・
SF・恋愛・ミステリー・ホラー……
なんでもござれのエンタテインメント小説賞!
とにかく面白い作品を募集中!

イラスト/原田たけひと

上記の各小説賞とも大賞は——
正賞&副賞100万円+応募原稿出版時の印税!!

※各小説賞への応募の詳細は弊社雑誌『ザ・スニーカー』(毎偶数月30日発売)に掲載されている応募要項をご覧ください。(電話でのお問い合わせはご遠慮ください)

角川書店